슬프게도, 성장했다

인생은 힘들다.

정말 힘든 것이다.

그럼에도 각자의 눈으로 볼 수 있는

아름다움이 있기에 버틴다.

힘겨운 날들도 있지만,

그 속에서도 피어나는 작은 아름다움들.

누군가는 저마다의 방식으로

그 아름다움을 발견하고,

그것이 우리를 버티게 한다.

슬프게도,

성장했다

글 · 사진 주예나

RISE

1

Cloud

마음이 뒤숭숭해지는 날이 있다.

그럴 때면 내가 사랑했던 지난날의 사진을 열어보곤 한다.

사진 속 나는 항상 웃고 있다.

그 웃음은 지금보다 더 순수하고 맑았다.

슬프게도,

성장했다

덤으로 오래전 좋아했던 노래를 다시 듣곤 한다.
그 노래는 나를 다시 그 시절로 데려가 주는
마법 같은 힘이 있다.
보고 듣다 보면 어제 일처럼 생생하기도 하다.

무겁거나 가볍거나, 아프거나 덤덤하거나.
늘 여러 가지 상념을 품고 살아온
나의 지난 하루들이 오늘의 위로가 되어준다.

결국 오늘도 곧 지난날이 될 테니까.
오늘의 나도 언젠가 사진 속에서 웃고 있겠지.
그렇게 또 한 번, 나의 하루는 흐르고,
시간은 구름처럼 흘러간다.
흘러가는 구름 속에서
나는 오늘을 살아갈 작은 위로를 찾는다.

슬프게도,

성장했다

2

이별

지난 여름은 유독 달이 크고 밝았다.
인중에 땀이 송골송골 맺히고,
덥다 못해 뜨거웠던 여름이었다.
그 여름의 기억은 여전히 생생하다.

올해 겨울은 유독 흐렸다.
식은땀에 냉기를 느끼고, 추위에 깨고 이불을 덮어도
아무것도 걸치지 못한 느낌이었다.
겨울의 차가움은 마음 깊숙이 스며들었다.

그 여름은 지나갔고 그 겨울은 지나는 중이다.
이별은 그렇게 계절을 타고 오고 가는 것 같다.
뜨거웠던 여름의 기억은 차가운 겨울로 잊히고,
계절이 바뀌듯이 마음도 조금씩 달라지겠지.

슬프게도,

성장했다

슬프게도,

때론 여름이 너무 뜨거워 견딜 수 없고,
때론 겨울이 너무 추워 버티기 힘들지만,
그 모든 계절이 모여 나를 만든다.
그렇게 이별의 아픔도 결국 나의 일부가 된다.

그리고선 당연하듯 봄이 오겠지…

따뜻한 바람이 불고,
새로운 시작을 알리는 꽃들이 피어날 때,
나도 다시 피어날 수 있을 거야.
그렇게 또 한 번,
새로운 계절을 맞이하며 나는 자라난다.

성장했다

3

무화과

내가 운영하는 가게 '두릅' 밖에 놓았던
식물들이 죽은 줄 알았던 때가 있었다.
차가운 겨울을 지나며 모든 생명이 사라진 것처럼 보였다.

그러던 봄 어느 날,
아주 작은 꽃을 하나 피우더니
차례로 다른 식물들도 잎을 피우기 시작했다.
작은 생명들이 다시 깨어나는 모습을 보며 희망을 느꼈다.

여름이 되자 무화과나무에는
싱싱한 무화과 열매까지 달렸다.
그 열매는 정말 달고 맛있었다.
그 달콤함은 마치 작은 기적처럼 느껴졌다.

죽은 줄 알았던 생명들이 다시 피어나는 걸 보며,
나도 다시 시작할 수 있다는 용기를 얻었다.
무화과나무의 열매는 단순한 과일이 아니라,
고단하게 살아가는 나에게는 희망의 상징이었다.

슬프게도,

이제 나는 계절이 바뀌고, 다시 봄이 오면
모든 것이 다시 시작될 수 있음을 믿게 되었다.
작은 꽃 하나에서 시작된 희망이,
나의 마음속에도 싹을 틔웠다.

무화과의 달콤함은 지금도 내 기억 속에 남아 있다.

이따금 찾아오는 무기력이라는 이름의 두려움이
찾아 올 때마다 나는 그 기억을 떠올린다.
그리고 다시 의식적으로나마 희망이란 단어를 떠올린다.
모든 것을 놓고 힘없이 주저앉으려는 나를
내 손으로 일으키기 위해.

슬프게도,

성장했다

4

고슴도치 딜레마

쇼펜하우어의 고슴도치 딜레마를 아는가?

날씨가 추워지면 고슴도치들은 얼어 죽지 않으려고 달라붙지만,

서로의 가시가 서로를 찌르며 떨어지게 된다.

그러다 추위에 다시 붙었다가를 반복하면서,

결국 서로의 가시를 견딜 수 있는 적당한 거리를 찾는다는 이야기다.

나는 가까운 사이일수록 환기가 필요하다는 말을 자주 곱씹곤 한다.

그러나 때로는 누군가에게 가장 가까운 사람이 되고 싶은 욕심에,

상대방의 가시에 내가 찔리는 것조차 외면한 채,

적당한 거리를 유지하지 못하는 내가 된다.

슬프게도,

가깝지만 너무 가깝지 않게,
멀지만 너무 멀지 않게.

그 균형을 맞추는 일은 결코 쉽지 않다.
때로는 상대의 가시가 나를 아프게 하고,
때로는 내 가시가 상대를 아프게 한다.

그럼에도 불구하고,
우리는 서로의 온기를 느끼기 위해
다시 가까워지려 한다.

이렇게 나는 또 한 번,
너와의 적당한 거리를 찾기 위해 노력한다.

5

거리두기

예의는 현명함에 속하고, 무례는 어리석음에 속한다.
현명한 사람은 적절한 거리를 두고 불을 쬐지만,
어리석은 자는 불에 손을 집어넣고 화상을 입는다.
그리고는 고독이라는 차가운 곳으로 도망쳐,
불이 타고 있다고 탄식한다.

마음이 채워지지 못해
계속해서 다른 사람의 온기로 내 결핍을 채우려고 한다면,
자칫 화상을 입을 수도 있다는 말이다.
내가 사랑하는 사람들과 오랜 시간 함께하기 위해서는,
홀로서기와 함께하기의 균형을 잘 잡아야 한다.

적절한 거리를 유지하는 것은 쉽지 않다.
너무 가까이 다가가면 상대의 불에 데일 수 있고,
너무 멀리 떨어지면 서로의 온기를 잃게 된다.

그래서 나는 자주 고민한다.
얼마나 가까이 다가가야 할지,
얼마나 멀리 떨어져야 할지.
그 균형을 찾기 위해 노력하는 과정은,
마치 줄타기를 하는 것처럼 아슬아슬하다.

관계를 유지하려면 당연하게 여겨지는 노력들이
내가 감당할 수 있는 한계를 넘어설 때가 찾아온다.
그 순간, 우리는 그 줄을 끊어버리고 만다.

슬프게도,

성장했다

6

소주

그런 말을 들어본 적이 있으신가요?

화날 때 술 먹지 마라.

힘들 때 술 먹지 마라.

우울할 때 술 먹지 마라.

왜냐고요?

술은 용기를 주거든요.

내가 삭힌 말도 꺼내버리게 하고,

내가 정리한 생각도 다시 하게 해요.

또 극한의 우울함에 치닫는다면,

곧 죽어도 이상할 것 같지는 않아요.

저는 그래서 술이 싫어요.

하지만 웃긴 건 뭔 줄 알아요?

난 오늘도 술을 마셔요.

이만한 위로가 없거든요.

술 한 잔에 쌓인 마음의 짐을 잠시 내려놓고,

잊고 싶은 기억을 잠시나마 지울 수 있어서.

술잔을 기울이며 위로받고 싶어지는 그 순간,

나의 약함을 인정하게 돼요.

성장했다

사진 Taennie

때론 나 자신을 속이며,
술에 의지하는 내가 한심하게 느껴지기도 하지만,
그럼에도 불구하고 술은 내게
짧지만 강한 위안을 줘요.

이렇게 밤이 깊어가고,
술잔은 비어가고,
나는 다시 홀로 남게 돼요.

슬프게도,

사진 Taennie

술이 주는 위로는 일시적일지라도,
그 순간만큼은 진심이니까.
오늘도 나는 술잔을 들며,
나 자신을 위로해요.

내일은 조금 더 강해지기를 바라면서.
그렇게 또 한 번,
나는 술잔에 기대어 하루를 마무리해요.

제발 내일은 조금 더 강해지기를 바라면서…

성장했다

다음 생이 있다면 말이야 나는

다음 생에는 고양이로 태어날래.
햇살을 쬐고 그루밍으로 나를 가꾸고,
귀여움도 사랑도 듬뿍 받고.
잘못을 해도 귀여우니까 용서되는,
그런 고양이로 태어날래.

아침 햇살 아래서 느긋하게 스트레칭을 하고,
따뜻한 창가에서 졸음에 겨워 눈을 감고.
사랑하는 사람들의 품에서 느끼는 포근함,
그 속에서 안락함을 느끼고 싶어.

고양이는 자유롭고, 독립적이면서도,
필요할 때는 누구보다도 다정해.
그런 고양이의 삶은 참 매력적이야.
때론 혼자 있고 싶지만,
또 때론 누군가의 사랑을 받고 싶은
내 마음과 닮았어.

사람의 삶은 복잡하고,
때론 너무 많은 책임과
걱정으로 가득 차 있지만,
고양이로 태어나면
모든 것이 단순해질 것 같아.
단순한 행복, 단순한 기쁨,
그런 삶을 살아보고 싶어.

슬프게도,

성장했다

슬프게도,

다음생이 있다면,
햇살과 사랑 속에서 마음껏 뒹구는 고양이로.

이토록 소박한 꿈을 꿔본다.

8

차분함 뒤에는 뭐가 있을까

감정의 소멸을 느끼고 나면,
이상하리만치 차분해진다.
마치 폭풍이 지나간 후의 고요함처럼,
마음속의 소용돌이가 사라지고,
평온함이 찾아온다.

그 차분함 뒤에는 무엇이 있을까?
아마도 내면의 깊은 곳에 숨겨진
진정한 나 자신일지도 모른다.
감정의 소용돌이가 멈추면,
비로소 나는
나 자신을 마주하게 되는 것이다.

고요함 속에서 들리는
내 마음의 소리를 듣고,
진정으로 내가 원하는 것이 무엇인지
깨닫게 된다.
그 차분함은 단순한 감정의 소멸이
아니라, 새로운 시작을 위한
준비일지도 모른다.

성장했다

슬프게도,

성장했다

9

침묵

하고 싶은 이야기를 삼켜버리는 게 편하다는 생각을 했다.
내가 멍청한 사람으로 비춰질지언정,
하고 싶은 말을 삼키고 그냥 듣는 게 낫다고 느꼈다.

머릿속에 엉켜붙은 말들이
결국 내 마음속에도 엉키고 설켜,
꼬일 대로 꼬여 입 밖으로 나오지 않는다.

침묵 속에서 나는 나 자신과 대화한다.
말하지 못한 수많은 생각들이
마음 속에서 울려 퍼지며,
어느새 혼란스러움에 사로잡히곤 한다.

때로는 말하지 않는 것이 상처를 덜 주는 방법이라 생각하지만,
그 침묵이 나를 더 외롭게 만들기도 한다.
표현되지 못한 감정들은 마음 속 깊이 자리 잡아
나를 무겁게 짓누른다.

성장했다

그래도 침묵을 선택하는 이유는,
상처를 주고받는 것을 피하고 싶어서다.
내 말이 누군가에게 아픔이 되지 않도록,
내가 상처받지 않도록,
나는 침묵 속에서 스스로를 지킨다.

그럼에도 불구하고,
침묵 속에서 느껴지는 외로움과 무게는
나를 더욱 고독하게 만든다.
그리고 그 고독 속에서,
나는 나의 진정한 감정을 마주하게 된다.

침묵은 때로는 나를 지켜주는 방패이지만,
때로는 나를 가두는 감옥이기도 하다.

슬프게도,

성장했다

슬프게도,

성장했다

10

충치

너무 달콤하고 자극적인 것들은 나를 병들게 한다.
그 달콤함 뒤에는 언제나 씁쓸함이 숨어 있다.
입안에 남는 단맛이 결국 충치처럼 내 마음도 병들게 한다.

달콤한 순간의 쾌락이 지나면,
고통과 후회가 뒤따라온다.
그래서 나는 알고 있다.
너무 달콤한 것들은 멀리해야 한다는 것을.

그러나, 그 유혹을 피하기란 쉽지 않다.
너무도 자주 달콤함의 유혹에 넘어가고,
다시금 병들어 가는 나 자신을 발견하게 된다.

11

시절 인연

한평생을 살다 보면

일생일대의 강렬했던 연인이나 친구들이 존재한다.

회자정리, 거자필반.

만남에는 헤어짐이 있고, 떠남이 있으면 반드시 돌아옴이 있다.

그런 강렬한 인연들도 연이 다해 곁을 떠나는 경우가 있는데,

이런 인연을 시절인연이라고 한다.

나의 삶에 꼭 거쳐가야 하는 퀘스트 같은 존재라고.

이런 사람이 어떠한 이유로든 내 곁을 떠나게 될 때면

마음이 정말 아프다.

덤덤하게 받아들이면서도 한동안은 꿈속을 헤매는 기분이 든다.

살면서 이런 시기가 몇 번 있었는데,

그날 밤은 뭔가에 홀린 듯 친구와 함께 뒷산을 올랐다.

성장했다

동호대교와 잠실타워가 보이는
야경 명소인 매봉산 팔각정에 다 오르자,
붉은색 장미꽃다발이 내 눈에 먼저 들어왔다.
그 옆에는 편지도 있었는데, 편지에는 이렇게 쓰여 있었다.

"진심으로 사랑했으며,
지금도 변함없이 당신을 사랑합니다.
당신을 사랑할 수 없지만,
당신을 지울 수 없기에,
이제 그 마음을 씨앗에 담아
영원히 봄이 오지 않는 그 겨울에 묻습니다.
그리고 이제 그 겨울 속에서 돌아섭니다.
Ventas.mi ams vin"

아마 온 마음을 다해 사랑했겠지.
성별도 나이도 알 수 없는 그 사람에게서 위로를 받았었다.
그것도 평생 기억에 남을 위로를.

편지와 꽃다발, 그리고 나의 시절인연 또한 그곳에 그대로 두고,
그 후로 봄이 와 벚꽃이 피기 전까지 나는 매봉산에 가지 않았다.

슬프게도,

성장했다

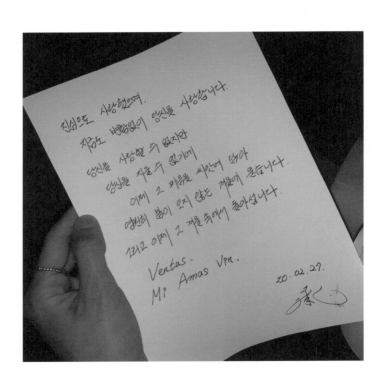

슬프게도,

성장했다

12

제주의 온도

하나보다 둘이 좋은 외로움이 많던 나는
나 홀로 시간을 보내는 게
죽기보다 싫었던 때가 있었다.

혼밥, 혼술, 혼영.
그때만 해도 혼자 즐기는 문화생활이
지금보다는 꽤나 생소했던 것 같다.

마음먹기까지 몇 개월.
마음먹고 나니 티켓을 끊고
숙소를 예약하는 것까지
단 10분도 걸리지 않았다.
다음 날 오후에 출발하는 비행기를 끊고
돌아오는 티켓은 끊지 않았다.

몇 번을 읽었던 책이지만
혼자하는 첫 여행에 설렘을 더 해 줄 것 같아
'위대한 개츠비' 한 권을 챙기고,
8월 말 여름의 마지막이었기에
수영복 또한 잊지 않았다.

성장했다

생각보다 덤벙대는 내가 걱정이었는지
제주도에 살고 있던 친구들이
비행기를 타기 직전까지도 몇 번이고
전화로 확인했던 기억이 난다.

도착한 후 버스를 타고
제주도 동북부에 있는 구좌읍 세화리로 향했다.
이틀간은 친구들이 휴무였기 때문에
세화해변에서 하루 종일 스노클링을 하고
오토바이를 타고
사람 발길 닿지 않는 오름과 숲길을 찾아 산책을 했다.

푸릇푸릇한 나무와 잔디,
따뜻하다 못해 뜨겁게 쏟아지는 햇빛.
그 햇빛에 비춰 윤슬이 찰랑이는 바다와
새하얀 구름을 좋아하던 나는 까맣게 타버리고
옅게 있던 주근깨들은 더욱 진해졌다.
주근깨가 진해지는 농도만큼이나
내가 제주도를 더욱 사랑하게 되었다.

슬프게도,

성장했다

슬프게도,

친구들의 휴무가 끝나자
나는 하도리에 있는 게스트하우스로 숙소를 옮겼다.
마침내 정말로 혼자 하는 여행이 시작된 것이다.

하얗고 아기자기한 주택의 2층 1인실을 사용했는데,
창문을 열면 제주도의 돌담과 당근밭,
그리고 풍력발전소가 보이는 멋진 뷰를 가지고 있었다.
아침에 1층으로 내려가면 조식이 준비되어 있는데,
제일 좋았던 건 아주 귀여운 고양이가 있다는 것이었다.

조식을 먹고 나면 방으로 들어가 나갈 채비를 하고
하도리 골목골목을 걷다 예쁜 카페가 보이면 들어가 사색을 즐겼다.
저녁이 오면 혼밥을 먹고 해변가에 앉아
해지는 모습을 한참 바라보기도 하였다.
혼술을 하는 날이면 살짝 알딸딸해진 기분으로 산책을 하기도 하고,
메모장을 켜 글을 쓰기도 했다.

성장했다

한 번은 인적 드문 길에서 들개를 만났었는데,

둘 다 흠칫 놀랐다.

서로 겁을 먹었던 것 같다.

우리는 돌담 따라 버스 정류장을 지나

월정리까지 같이 걸었는데,

내 앞장서서 걸으며 중간중간 뒤돌아

내가 잘 따라오고 있는지 확인하기도 했다.

강아지가 산책 중 뒤돌아보는 이유는

'이 길 안전해, 와도 괜찮아'라는 뜻이라던데,

초행길에 듬직한 보디가드와 함께하니 외롭지 않았다.

선홍빛 하늘이 예뻐 삼각대를 세우고 멈춰서니

내 옆에 앉아 같이 기념사진도 찍었다.

그 후 강아지와 나는 서로 다른 길로 갔다.

지나가다 우연히 들른 카페에서

내가 좋아하는 노래가 흘러나오고,

해변에 누워 책을 읽는 커플을 보고

한참을 걷다 먹은 돔베정식이 너무 맛있었다.

용눈이 오름에 올라 바라본 제주도는 너무 아름다웠다.

슬프게도,

소확행이라는 말이 이런 거였을까?

오감으로 느끼니 내 뇌에 각인되어

어느 하나 생각나지 않는 장면이 없다.

천천히, 깊이 있게 생각하고 바라보니

내가 무엇을 더 좋아하는지,

어떤 신념을 가지고 사는지,

내 안에 고질병처럼 자리잡혀 버린 결핍도

어느 정도는 이해할 수 있는 시간이 되었다.

이러한 생각들을 숙소 창가 앞 책상에 앉아 메모장에 정리했다.

해질녘 비행기 지나가는 불빛,

풀벌레 소리와 바람에 커튼이 일렁거리는 모습까지도

내 안에 꾹꾹 눌러 담았다.

먼 훗날 오늘이 너무 그리워지면

눈만 감아도 지금의 마음과 풍경, 소리, 온도까지도

느낄 수 있도록 말이다.

슬프게도,

성장했다

13

모든 것들에는 이면 있다

나는 세상 모든 것들에는
이면이 있다고 생각한다.
삶을 시작한 순간 죽음은 불가피한 것이고,
풍요로운 삶을 살아도
어떤 부분은 반드시 빈곤이 따른다.
구속이 있었기에
자유로움을 만끽할 수 있는 것이고,
행복한 만큼 불행이 오기도 한다.
선하다고 생각한 사람도
그 안에 나만의 악이 존재하며,
시작이 있으면 끝이 있다.

성장했다

이렇게 세상 모든 것에는
이면이 존재한다.
삶과 죽음, 풍요와 빈곤,
구속과 자유, 행복과 불행,
선과 악, 시작과 끝.

이면을 이해하는 것은
삶을 깊이 있게 바라보는 것과 같다.
모든 면이 다르지만,
결국 하나로 연결되어 있다는 것을 깨닫게 된다.
삶의 밝은 면을 바라볼 때,
그 이면에 숨어있는 어둠도 함께 받아들여야 한다.
삶이란 그런 것이다.

슬프게도,

기쁨과 슬픔이 공존하고,
성공과 실패가 함께하며,
사랑과 미움이 뒤섞인다.
그 모든 이면을 받아들일 때
비로소 우리는 온전한 삶을 살아갈 수 있다.

이제는 삶의 이면을 두려워하지 않는다.
오히려 그 이면 속에서
나 자신을 더 깊이 이해하고,
더 넓은 시야로 세상을 바라보게 된다.
오늘도 조용히 온 힘 다해 한 걸음 나아갔다.

성장했다

14

유치하니까 사랑인거야, 사랑이니까 유치한거야?

사랑은

인간이 할 수 있는

가장 유치한 행위이자

가장 성숙한 행위이기도 하다.

그 유치함 속에서

성숙함을 발견하기도 한다.

15

난 고장난 사람

살아간다는 건 어디 하나가 계속 고장나는 거라는 이 말을 좋아한다.
다들 고장난 채 살아가는 거라고 생각하면
완벽하지 않은 나도 괜찮다는 생각이 든다.

우리 모두는 조금씩 고장난 채로 살아간다.
누군가는 마음이, 누군가는 몸이, 또 누군가는 영혼이.
하지만 그 고장난 부분들이 모여 우리의 이야기를 만든다.

고장난 채로 살아가는 우리들은 서로의 흠을 이해하고,
그 불완전함 속에서 공감과 위로를 찾는다.
완벽하지 않아서 더 인간적이고,
그래서 더 아름답다.

그렇기에 나의 고장난 부분도
그냥 그대로 두기로 한다.
그것이 나의 일부이고,
그렇게 살아가는 것이 나니까.

슬프게도,

성장했다

16

Today

어제가 오늘이고,
오늘이 내일이었으며,
내일은 다시 어제였다.

조그마한 차이도 없었다.

매일이 반복되는 듯한 일상 속에서,
시간은 마치
제자리를 맴도는 것처럼 느껴진다.

더 이상
제자리를 맴돌고 싶지는 않은데 말이다.

성장했다

슬프게도,

성장했다

슬프게도

완벽을 추구하던 내가
이젠 내려놓을 줄 알게 되고,
포기할 줄도 알게 된다.

모든 사람에게 잘 보이려
애쓰지 않게 되고,
누구나 다 나를 사랑해주길
욕심 부리지 않게 된다.

내 곁을 떠나는 모든 것들을
붙잡지 않게 된다.

성장했다

슬프게도,

성숙해진다는 것은 어쩌면
마음이 닳고 닳아,
더 이상 애쓰며 살고 싶지
않아지는 게 아닐까?

슬프게도, 그렇게 나도 변해간다.
완벽을 추구하던 열정은 사그라들고,
대신 마음의 평안을 찾으려 한다.
삶이 평온해 보이는 사람은
남들보다 많이 아파하고
마음이 닳게 된 사람인가 보다.

18

사랑, 과소비

요즘 드는 생각은,

사람이 사람에게 제대로 사랑받는다는 느낌을

받지 못하면 꼭 어떤 방식으로든 표출이 되는 것 같아.

그게 과해질수록 꼭 탈이 나는 것 같고.

오래 머물러주길 바라던 봄도 빨리 끝나버렸으면 좋겠고,

내 안의 나도 싫은 얄미운 내 모습만 자꾸 비춰진다.

이러지 말아야지 하면서도,

한 번 탈이 나버린 내 마음은

오래된 고질병처럼 나와 함께 살아간다.

성장했다

슬프게도,

신용카드를 긁어버리듯 흥청망청 사랑을 소비해버린다면,
그 뒤엔 나라는 사람 마음에 무거운 짐이 생겨버린다.
마치 나 자신에게 갚아야 할 마음이 생기는 것처럼.
그 뒤엔 또 그렇게 긁어 내어준
내 마음에 대한 보상심리가 생겨버린다.

극과 극인 삶을 살았어도, 인간의 끝은 같다는 걸 알고
그 과정을 함께 다정한 대화를 할 수 있는 사람을 만나
모두 행복하기를 바란다.
그래서 오늘은 모두 옆에 있는 사람에게 사랑한다고 말해주자.
"사랑해"

슬프게도,

성장했다

19

버스 여행

어느 누군가 내게,
고양이가 창밖을 보는 건
넷플릭스를 보고 있는 거라는 말을 해준 적이 있다.

무기력이 내 몸과 마음을 지배해
아무것도 하기 싫은 날이 자주 찾아오곤 한다.
아무것도 안 하고
핸드폰 속 세상을 구경하는 것도 나쁘지는 않지만,
가끔 목적지 없이 버스를 타고 창밖 구경을 한다.

성장했다

내 나이의 절반을 서울에서 살았어도
아직 안 가 본 동네가 있고,
그 동네마다 분위기가 다른 것이
넷플릭스를 보는 것만큼 흥미로울 때가 있다.
스토리가 있는 건 아니지만,
창밖 풍경과 오고 가는 사람들을 구경하다 보면
조금은 정신이 차려진다.

다들 저마다 다른 고민과 상념을 품고 살아갈 텐데,
나 혼자만 힘든 건 아닐 텐데 하고 말이다.

정말 나 혼자만 힘든 건 아닌 게 맞는 거겠죠?

슬프게도,

성장했다

가만히 멈춰서 세상을 바라보면
내 눈에 보이지 않던 것들이 보이기 시작한다.
멈춰서 바라볼 때 느껴지는 신비함이 있다.
그 신비함을 이대로 붙잡아두고만 싶지만,
여지없이 세상은 잠시도 멈추지 않고 달아난다.

슬프게도,

성장했다

슬프게도,

성장했다

슬프게도,

21

Work.Love.Work.Love

11년 동안 타투이스트라는
직업을 가지면서,
또 타투가 많은 사람으로 살면서
가장 많이 받았던 질문이
"후회 안 하시나요?"였던 것 같다.
이 질문에 대해서
매년 내 스스로에게 물어본다.
나는 정말로 후회하지 않는가?
후회하지 않는다.
정말 좋아서 시작한 일이었고,
나는 아직까지도 내 일을 너무 좋아한다.

성장했다

아픈 동생을 둔 손님은 동생이 좋아하는 애착인형을 새기기도 했다.
자해 흉터가 항상 고민이었던 손님에게는 나비를 새겨드렸다.
나비는 옛부터 영혼을 상징한다고 한다.
커피를 좋아해 카페 창업이 목표였던 손님은 커피머신을 새겼고,
요리를 좋아해 요리사가 되고 싶다고 한 손님은 조리도구를 새겼다.
태어난 아기의 생년월일과 발도장을 새기기도 하고,
무지개 다리를 건넌 반려견을 새기기도 한다.

좋아하는 것을 새기기도 하고,
기억하고 싶은 것을 새기기도 하고,
이루고 싶은 것을 새기기도 한다.
저마다 다른 이유로 몸에 타투를 새긴다.
나는 작업할 때마다 내가 해 준 타투가
부적이 되어 손님들이 행복하길 바라면서
바늘 끝에 내 모든 에너지와 사랑을 쏟는다.

그런 내 염원이 닿은 건지,
원하는 것을 이루고 또 다른 꿈을 새기러 손님들이 다시 찾아온다.
그럴 때면 마치 내 일인 것처럼 행복하고 또 감사하다.

슬프게도,

부정적으로 바라보는 세상의 시선과 편견이 존재하지만,
내 몸에 새겨진 타투는 나의 20대 전부를 쏟은
나이테 같은 거라고 생각한다.

한 번은 문득 내가 죽게 된다면
무엇을 남기고 갈 것인가에 대한 생각을 한 적이 있다.

음악과 사진은 남는데, 나를 생각나게 하는 음악이 있을까?
추억하게 만드는 사진이 있을까? 나는 뭘 남기고 갈까?

이런저런 심오한 생각에 빠진 나는 내 생각을 블로그에 적었다.
댓글에는 '많은 사람들에게 남긴 예쁜 타투들, 타투, 그림들은
각각의 의미로 남을 거에요'라는 사랑스러운 댓글이 달렸다.

그래, 맞아.

타투이스트 주예나로 살아온 삶이 꽤나 멋지다는 생각을 했다.
나는 앞으로도 계속 타투를 남기며 후회 없이 살아가야겠다.
"나는 결코 인생에 후회를 남기지 않아."

슬프게도,

성장했다

22

나무

복잡하고 생각의 과부하가 걸릴 때에는 책을 읽었다.

작은 시집이라도 앉은 자리에서 한 권을 못 끝낼 걸 알기에

한 페이지라도 읽었다.

이 종잇조각에 내 생각이 조금 덜어지기는 할까 싶어서 말이다.

슬프게도,

끊임없이 무언가를 생각하고
관찰하고 분석하고
몽상하고 의도를 파악하고,
이렇게 파고드는 의지로 공부를 했더라면 좋았을 텐데.

어디선가 본 바둑 용어 중에 '장고 끝에 악수 둔다'는 말이 있다.
너무 많은 생각을 하여 내린 결론이 좋지 않을 때 쓰는 그런 말인데,
나는 생각의 과부하가 걸리면 잘못된 결정을 하거나
청개구리 심보로 생각이라는 스위치를 내리고 멋대로 살기도 했다.

나에게 있어 힘듦은 받아들이기 쉬운데,
행복은 왜 받아들이기가 어려울까라는 고민을 하기 시작했다.
갑자기 너무 큰 행복이 들어오면
누구나 다 겪는 부작용이 아닐까 하고 생각했다.

바늘이 왜 거기 있었을까,

난 아픈데 바늘은 그대로네

이런 저런 생각을 하다 보면

예술은 할 수 있을지 몰라도 사람은 망가지기 쉽다고 했다.

나는 미친 예술가가 되고 싶은 건 아니니까,

행복도 온전히 받아들일 줄 아는 내가 되고 싶다.

우울했다가 행복했다가, 좋았다가 싫었다가,

견딜 만했다가도 갑자기 힘이 들고, 힘들었는데 또 괜찮아진다.

매일 몇 분 몇 초 단위로

시시각각 변하는 나의 변덕스러운 마음에

스스로 지치기도 한다.

나는 무던하고 우직하고 굳건한 사람들을 좋아하고 동경한다.

그들의 안정된 마음은 마치 깊고 굳건한 뿌리를 내린 나무와 같다.

그 나무처럼 나도 언젠가는 흔들리지 않고 서 있을 수 있기를 바란다.

간절히 소망한다.

슬프게도,

성장했다

23

행복

행복은 찾으려고 하면 계속 불안해진다.
불안함을 느끼지 않는 모든 순간이 나에게는 행복이다.

슬프게도,

성장했다

24

인디언

한 뼘의 땅일지라도 소중한 것을 지키라.
홀로 서 있는 한 그루 나무일지라도
그대가 믿는 것을 지키라.
먼 길을 가야 하는 것이라도
그대가 해야만 하는 일을 하라.
포기하는 게 더 쉬울지라도 삶을 지키라.
내가 멀리 떠나갈지라도 내 손을 잡으라.

성장했다

슬프게도,

성장했다

25

건강이 최고다

어릴 때부터 상처받는 게 지독하게 싫었다.
그래서 나는 연애를 할 때면 언제 들이닥칠지 모르는
이별에 대비해 마음을 다 내어주지 않았다.
이런 나도 살면서 의지하고 싶은 대상이 생기기도 하고,
내 속을 잘 비추지 않는 나임에도 나도 모르게
어느새 내 속을 다 보여주기도 한다.

세상에 영원한 사랑이란 게 있을까?
그 당시 절대로 존재하지 않는다고 믿으며 살아온 나는
몇 년 전 큰 이별을 겪고 몸과 마음이 힘들었던 때가 있었다.

원래도 작고 왜소한 체형인데, 살이 39kg까지 빠졌고
온몸에 힘이 없는 느낌이 자주 들어 누워있기만 했었다.
내 몸이 계속해서 보내는 이상 신호 덕에 병원을 갔다.

"갑상선 항진증인 것 같습니다.
그리고 갑상선 쪽에 암으로 보이는 조직이 발견되었는데,
암이라고 할 수는 없고 조직검사를 해봐야 합니다."

다행스럽게도 암은 아니었다.

갑상선 항진증은 맞았다. 정확한 병명은 그레이브스병.

갑상샘에 영향을 미치는 자가면역질환으로,

이 병을 앓고 있는 환자들 가운데 대략 25~80%가

안구 문제까지 발전하는 무서운 병이었다.

정확한 원인은 밝혀지지 않았고,

유전적 요인이나 환경적 요인이 작용하는 것으로 짐작한다고 한다.

매일 정확한 시간에 약을 먹어야 하며,

안구 돌출이 진행되면 서서히 외모가 변하고,

호르몬 때문에 약을 먹기 시작하면 잘 붓고

살이 순식간에 찌기도 한다고 했다.

유튜브도 막 시작한 나에게 있어 아픈 것도 서러운데

외모까지 변할 수도 있다고 하니 정말 청천벽력 같은 소리였다.

모든 세상이 삐뚤게 보이기 시작하고,

감당할 수 있을 만큼의 힘든 일은 항상 몰아서 생기며,

그 힘듦이 쌓이고 쌓여 감당하기 힘든 수준에 이르기도 한다.

가족들은 "그래도 암은 아니라서 다행이다.

약 먹고 치료하면 괜찮을 거다"라고 얘기해줬고,

내 오랜 친구는 되려 덤덤하게 얘기하는 내 모습에

눈물을 터뜨리기도 했다.

슬프게도,

작은 일이라도 호들갑떨며 친구들에게 곧잘 칭얼거리던 내가,
막상 여러 가지 힘든 일들이 겹겹이 쌓여 눈덩이처럼 불어나
속이 상하다 못해 쓰라린 수준에 이르니,
생각 외로 엄청나게 차분해졌었다.

의사 선생님 말하길, 금주, 금연은 필수고
카페인도 끊어야 한다고 했다.
요오드가 많이 들어간 음식을 먹어서도 안 되고,
격한 운동 또한 안압이 올라갈 수 있기에 추천하지 않았다.
치료를 시작하니 거짓말처럼 하루아침에 5kg이 쪄버렸다.

그 당시 이사까지 해야 하는 시기였는데,
환경을 바꾸고 이별로 망가져버린 내 패턴부터 되찾기 시작했다.
끼니를 챙겨 먹고 금주와 금연을 시작했다.
커피를 달고 살았던 지라 내 자신과 타협해
디카페인 커피 한 잔으로 줄였다.

내가 이사한 오피스텔은 바로 뒤에 작은 산이 있었는데,
눈을 뜨면 매일같이 산에 올라갔다.
산 정상에는 팔각정이 있었는데,
팔각정에 앉아 부정적인 생각들을 버려두기를 반복했다.

성장했다

슬프게도,

친구들을 만나면 귀에 피가 나도록 물어봤다.

나 눈 튀어나왔냐고.

10번을 물어봐도 100번을 물어봐도,

내 친구들은 고맙게도 괜찮다고 해줬다.

걱정하지 말라고 말해줬다.

인간은 적응의 동물이라고 했던가.

마음먹고 해야 했던 일들이 습관이 되고 나니 생각보다 견딜 만했다.

사실 그때부터는 술도 먹기도 하고

커피도 마시기도 하고 운동도 그냥 했다.

아직까지 일어나지도 않은 일에 불안해하며

하루를 보내기는 또 죽기보다 싫었으니까.

나는 그냥 하고 싶은 거 다 할래.

에라이 몰라, 될 대로 되라 하는 심보도 있었다.

성장했다

슬프게도,

수치가 점점 정상으로 돌아오고 있었기에
한 달에 한 번 가던 병원을
두 달에 한 번 가기 시작하고,
그 뒤로는 반년에 한 번, 일 년에 한 번 갔다.

이 시기에 그런 생각을 많이 했다.
내가 내 몸을 소중하게 생각하지 않고
나를 돌보지 않으니
이런 시련이 내게 온 게 아닐까 하고 말이지.
나는 세상 모든 일에는
이유가 있다고 생각하며 사는 인간이라
이 또한 분명 이유가 있을 거라고 생각했다.

한 번 아프고 삶이 망가져 피폐해지고 나니
그만큼 무서운 게 없더라.
지금은 내가 나를 아프게 만들지 않는다.
그런 이유에서인지 이제는 힘든 일이 있어
아무것도 안 하고 술독에 빠져 지내고 싶어도
딱 일주일만 마음껏 아파하고,
소중한 나를 생각해 밥도 더 잘 챙겨 먹고 운동도 더 열심히 한다.
지난날의 힘듦이 만들어준 나를 아끼는 소중한 루틴이 생긴 것이다.

사랑도, 이별도, 여행도, 일도, 내 주변 사람을 잘 챙기는 것도
내가 건강해야 가능한 것들이다.
그 후로 누군가 내게 힘들다고 말하면 나는 밥부터 먹으라고 말한다.
그럴 때일수록 술은 멀리하고 운동이나 산책을 가까이하고,
내 몸과 마음의 건강에 더 집중해보라고 얘기한다.

사실 당장 힘든 사람에게 먹어라,
움직여라 말해봤자 귀에 안 들어온다는 거 나도 안다.
나도 그랬으니까.

그러나 한 번 아파보면 건강이라는 게
아주 값진 자산이라는 걸 알게 될 거다.
세상에 치이고 사람에 치이고 온갖 것들이 나를 아프게 만드는데,
적어도 내 자신만큼은 나를 아프게는 만들지 말아야 하는 거 아닐까?
나는 모든 사람들이 건강했으면 좋겠다.
진심으로 당신이 건강한 인생을 설계해 살아가길 바란다.

26

하고 싶은 걸 하는 사람

"너는 사진 찍는 걸 좋아하는 것 같아."

"응. 나는 많은 걸 기록해두고 싶어."

"왜?"

"눈에 담는 것도 좋지만,

사진으로 남겨두면 두고두고 다시 볼 수 있잖아.

지금 이 감정도 사진에 담아두면 다시 느낄 수 있고.

그래서 나는 나중에 사진집이나

책을 내거나 그림을 그려 전시를 해보고 싶어."

"너는 할 수 있을 거야."

성장했다

사진집이나 책을 내보고 싶다는 생각을 줄곧 했었다.

우스갯소리로 아무도 안 보고 안 읽어도

언젠가는 꼭 해봐야지 얘기도 하곤 했다.

사랑하는, 사랑했던 모든 걸 기록한 책이라니

정말 멋진 일이니까.

사진작가처럼 사진을 잘 찍지 않더라도,

또는 글쓰는 솜씨가 아주 빼어나지 않더라도

괜찮다고 생각했다.

완벽하지 않고 정제되지 않은 날것에서 오는 순수함을 좋아하니까.

내가 내 책을 사랑하면 그걸로 된 거라고 생각했다.

이 책을 읽는 사람들을 사랑하니까 그거면 된다고 생각한다.

순도 높은 진심은 통하는 법이니까.

어려운 단어들을 골라 장황한 말들로 글을 써내려가고 싶진 않았다.

그건 내가 아니니까.

친구에게 얘기하듯 덤덤하게,

"나는 이런 생각을 하며 살고 있어"라고 얘기하고 싶었다.

성장했다

슬프게도,

성장했다

27

우리 파리에서 살자

나에게 신기한 인연으로 맺어진 친한 언니가 한 명 있다.
알게 된 지 6년쯤 되었는데,
첫눈에 보자마자 내 동족이라고 생각했다.
우리는 분위기도 식성도 취향도 많은 것이 닮아 있다.
심지어 다음 생에는 고양이로 태어나고 싶다는 생각도 똑같다.
언니를 처음 알았을 때 언니는 프랑스에 살고 있었고,
한국에 잠깐 들어왔을 때였다.

함께 보낸 시간보다 떨어져 있는 시간이 더 많았는데도
어느 날 내가 문득 언니가 꿈에 나와 연락하면
언니도 내 꿈을 꿨다는 신기한 경험까지도 있었다.
언니랑 내가 연결되어 있는 게 아닐까 하는 생각도 했다.

언니가 잠깐 한국에 들어올 때면
모든 일을 제쳐두고 언니를 만나러 갔다.
한번은 여름날 언니를 만나러 광주로 가
언니의 가족들과 시간을 함께 보냈다.

슬프게도,

가장 기억에 남는 일은 언니네 엄마를 처음 만나던 날이다.

언니네 집 거실에서 자고 있었는데

나긋하고 부드러운 목소리가 들려왔다.

"공주야, 일어나야지." 몸을 일으켜 인사를 드렸다.

"어머, 네가 예나구나? 다솔이한테 얘기 많이 들었어. 아침 먹어야지."

아침으로는 사과와 방울토마토 요거트가 있었다.

방울토마토를 집어 오물오물 씹고 있는 날

지긋이 바라보며 이렇게 말씀하셨다.

"나는 사실 타투를 무서워했었는데,

예나를 이렇게 보고 있으니까 타투가 참 잘 어울리고 예쁘다.

한 폭의 그림 같아."

그러곤 "나도 하나 할까?" 하는 농담까지.

순간 코끝이 찡한 느낌을 느꼈다.

"실제로 보니 너네 정말 자매 같구나."

엄마는 마치 딸이 한 명 더 생긴 것처럼

내게도 무한한 사랑을 주셨다.

이날 이후로 언니도 나도 남동생뿐이지만

피만 안 섞인 자매가 생긴 기분이다.

다솔 언니가 파리에 살던 때,

언니를 보겠다는 마음 하나로 혼자 파리를 갔던 적이 있었다.

크게 고민하지 않고 생각 없이 저지르는 경우가 많은데,

"언니, 나 언니 보러 갈게!"

"에? 파리를 온다고?"

"응! 지금 티켓 알아볼게."

경유해서 가면 티켓값이 대폭 줄어들지만

영어를 못하는 나는 경유할 자신이 없었다.

비행기를 못 탄다거나, 길을 잃는다거나

여러 경우의 수를 상상하다 보니 직항으로 가는 게 좋겠다 싶었다.

썩 여유롭지 못한 형편에 갑자기 프랑스를 간다니

걱정이 몰려오면서도 묘한 설렘이 공존했다.

돈이야 없다가도 있고 있다가도 없는 거니까

가야 할 갖가지 이유들을 만들어 내며 합리화를 했다.

게으른 나는 매번 미루고 미루다

하루 전날 몰아서 일을 처리하는 편인데

캐리어 또한 여행 전날에 싸기 시작했다.

파리에 도착해서 보니 놓고 온 물건이 한두 개가 아니었다.

그럴 때마다 게으른 내 자신에게 화가 나 짜증이 솟구쳐도

사람은 쉽게 변하지 않는다.

이제는 그러려니 한다.

슬프게도,

성장했다

아무튼 그 당시 러시아 전쟁으로 인해
샤를드골 공항까지 15시간 정도 비행을 했어야 했다.
공항에서 밥을 먹고 커피를 마시다가 비행기에 탑승했다.
밤을 새고 온 덕에 비행기에 타자마자 잠이 들었다.
맨 끝 창가 자리였는데 내 옆자리에는
앳돼 보이는 남학생이 혼자 타고 있었고,
맨 끝쪽에는 프랑스인 같아 보이는 할아버지가 타고 있었다.

기내식을 먹을 때쯤 깼는데 내 옆자리 학생의 앞자리에 앉은 사람이
의자를 뒤로 심하게 젖힌 바람에 학생이 매우 불편해 보였다.
기내식을 받을 때에도 의자를 앞으로 젖혀 줄 생각이 없어 보이길래,
내가 앞자리 사람에게 죄송하지만 의자를 너무 뒤로 젖히는 바람에
음식을 올려 놓을 수가 없으니 의자를 앞으로 당겨 달라고 얘기했다.
우물쭈물 말도 못하고 불편해도 참고 있는 동생을 보고 있자니
답답하면서도 내 남동생이 생각이 났다.

소심한 목소리로 고맙다는 인사를 했고
궁금한 게 많은 난 폭풍 질문을 하기 시작했다.
동생은 파리를 경유해 스위스로 간다고 했는데 나이는 95년생,
내 남동생이랑 연생도 똑같았다!
스위스에 있는 연구원에 물리학 공부를 하러 간다고 했다.
10시간 남은 비행에 우연한 계기로 귀여운 동생을 알게 되었다.

슬프게도,

나는 동생에게 아이패드로 그림 그리는 방법을 알려주고,
동생은 내게 몇몇 물리학 얘기를 해주었다.
이어폰을 나눠 끼고 영화도 보고 간식도 나눠 먹으며
그러다 보니 파리에 도착했다.
영어도 프랑스어도 서툴고 뚝딱거리는 내가 걱정이 된다고
동생이 경유하기 전에 수화물 찾는 곳,
또 어디로 나가야 하는지 찾아서 알려주었다.

그렇게 인스타그램 맞팔도 하고
즐거웠다는 인사와 함께 동생은 스위스로 떠났다.
저 멀리 핑크색 종이에 파란 글씨로
'주바보 월컴'이라고 쓰여진 플랜카드를 든 다솔이 언니가 보였다.
일 년 반 만에 봤어도 마치 어제까지 같이 있었던 것처럼
편하고 웃겼다.

기차를 타고 내려 우버를 타고 언니가 살고 있는
프랑스 남쪽 끝 지역인 14구 방브라는 동네에 도착했다.
언니네 빌라 담벼락에는 진분홍색 장미꽃이 잔뜩 피어 있었고,
인상 좋아 보이는 관리인 아저씨가 꽃에 물을 주고 있었다.
"Bonjour"
아저씨의 인사와 함께 20일간의 파리 여행이 시작된 것이다.

성장했다

슬프게도,

오래된 건물들, 울퉁불퉁한 비포장도로.
2년 만에 다시 온 파리는 2년 전과 다를 것 없이
시간이 멈춰 있는 느낌이었다.

다음 날에 언니의 지인분이 예술학교를 다니는데
꽃이랑 관련된 촬영을 맡아줄 모델이 필요하다고 했다.
꽃집 여러 군데를 들러 형형색색의 꽃을 샀다.
내 몸집만 한 꽃다발을 안고 마들렌 거리를 걸으니
꽃다발 하나 안았을 뿐인데 영화 속 여주인공이 된 것 같은 기분이 들었다.

지하철을 타고 생제르맹에 있는 학교에 도착했다.
파리에 와 있다는 사실도 놀라운데 파리에 있는 학교를 와 볼 줄이야.
한국에 있는 대학교와는 다르게 학교 안에 넓은 마당과 타원형 계단,
학생들 또한 무척이나 자유로운 분위기였다.
촬영에 필요한 꽃을 다듬고 설치하는 동안
태국에서 온 친구가 내 메이크업을 담당해주었다.
속눈썹에 작고 귀여운 잎사귀를 붙이기도 하고,
주근깨를 잔뜩 그리기도 하고, 과감히 파란 아이라이너를 그리기도 했다.
모두가 프랑스어로 말하기 때문에 중간중간 대화가 궁금한 나는
"언니, 지금 무슨 얘기하고 있어?" 물으면, "이 친구들이 너 정말 예쁘대."
예쁘다는 말은 누구에게 들어도 정말 기분이 좋다.

슬프게도,

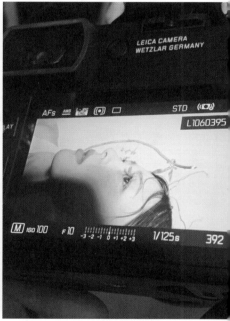

성장했다

슬프게도,

2-3시간의 긴 촬영에도 말이 통하지 않아도
모두가 모여 열심히 집중하는 모습을 보니 나 또한 덩달아 신이 나
언제 긴장했냐는 듯 여러 포즈를 취해보기도 했다.
화기애애한 분위기 속에서 촬영을 마치고
언젠가 다시 만날 날을 기약하며 인스타그램 친구를 맺었다.

베르사유로 2박 3일의 글램핑을 갔다.
잔디에는 데이지 꽃이 잔뜩 피어 있고
이름 모를 나무와 식물들이 가득한 초록빛 숲속에
노란 햇살이 내리쬐니 나무와 잎사귀들이 반짝반짝 빛이 났다.
캠핑의자에 앉아 엄마 아빠는 책을 읽고 아이들은 소꿉놀이를 한다.
누군가는 잔디에 누워 음악을 듣고,
자전거를 타고 오다가다 마주한 모두의 표정에서
여유로움과 행복함이 느껴졌다.

8년을 파리에서 살아온 언니의 소중한 친구들도 함께 했다.
언니의 친구들은 처음 만나는 것 같은데 사람은 끼리끼리라고 했던가,
저마다 각자의 분야에서 최선을 다해 살아가는 사람들이었다.
서로 당번을 정해 저녁을 준비하고 한데 둘러앉아
우리들의 만남을 축하하며 건배를 했다.
분위기가 무르익는 만큼 대화의 깊이도 주제도 다양했다.

슬프게도,

한국을 떠나 프랑스에서 거진 10년이라는 시간을 보내며
외로움도 힘든 일도 기쁜 일도 함께 나눴을 언니의 친구들을 보니
언니 곁에 좋은 사람들이 있어 정말 다행이라는 생각을 했다.
또 이렇게 좋은 사람들과 함께 할 수 있음에 감사함도 느꼈다.
취기가 오르자 사랑이 넘쳤다.
"언니 너무 사랑해." "내가 언니를 많이 아껴."
저마다 서로가 서로를 사랑하고 아끼는 마음이 느껴져서
뿌엥하고 눈물을 터트려 버리기도 했다.
언니 오빠들은 그런 내가 웃겼는지 내 사진을 잔뜩 찍더라.
퉁퉁 부은 눈으로 일어나 캠핑장에 있는 수영장에서 수영을 하고,
매점에서 파는 아이스크림도 사 먹었다.

문득 옆을 바라보니 선글라스를 멋지게 쓴 엄마 품에 안겨 잠이 든 딸과
아빠 품에 안겨 아이스크림을 먹는 아들이 눈에 들어왔다.
어릴 때는 모르던 가족의 소중함을 느끼는 나이에 들어서서 그런지,
나중에 돈 많이 벌어서 부모님 모시고 해외여행도 가야지 생각했다.
한평생을 나랑 동생을 위해 살았을 텐데,
파리에서 나 혼자만 너무 행복한가 하는 생각에 미안한 마음도 들었다.
그런데 어떡해, 너무 행복한걸.
엄마한테 카톡으로 내 사진을 보낼 때마다
"딸이 행복해 보여서 엄마도 기분이 좋네" 하는걸.

성장했다

시간이 지나니 제법 방브 생활이 익숙해져
관리인 아저씨와 짧은 스몰 토크도 하고,
익숙하게 바게트를 사러 동네 빵집에 가기도 하고,
역 앞에 매일 앉아 있는 노숙자 아저씨와 눈인사도 하는 사이가 되었다.
언니가 일하는 시간에는 혼자 공원에 가서
책을 읽기도 하고 사람들 구경을 하기도 했다.
삼삼오오 한데 모여 와인을 마시며 그림도 그리고 춤을 추기도 한다.
다들 파리를 사랑하는 게 느껴졌다.

주말에는 방브에서 열리는 생투앙 벼룩시장을 구경하고
카페 테라스에 앉아 시시콜콜한 이야기를 했다.
예쁜 옷을 찾기보다 편한 옷을 입게 되고,
마트에서 소소하게 장을 봐와 끼니를 해결하고,
오늘 하루도 뭔가를 해야 한다는 생각에서 벗어나
거실 소파에 누워 가만히 하늘을 바라보기도 했다.

밖에 열차 지나가는 소리,
선선하게 불어 들어오는 바람에 거실에 있는
야레카야자가 흔들리고 햇살이 집 안 끝까지 깊숙하게 들어온다.
창밖으로 들리는 알아듣지 못하는 다른 언어가 평온함을 주어
낮잠도 많이 잤다.

슬프게도,

성장했다

걱정도 불안도 서울에 내려놓고 와서였을까,

시간은 생각보다 천천히 흘러갔다.

"예나, 방브 주민 다 됐네."

파리의 에펠탑도 센강도 몽마르트도 좋지만 방브가 제일 기억에 남는다.

한국으로 돌아오기 얼마 안 남았을 때에 프랑스인 친구가 생겼다.

그의 이름은 엘리오스. 이름만큼이나 멋진 친구다.

다솔이 언니 지인의 생일파티를 갔다가 내가 혼자 길을 잃었었는데

내 여권이 든 가방을 맡겨두고는 언니를 찾으러 갔었다.

지금 생각해봐도 아찔하다!

입버릇처럼 나는 항상 운이 좋아! 라고 외치는데

그날도 운이 좋았던 것일까,

엘리오스는 내 가방을 잘 챙겨 기다려주었고,

엘리오스에게 감사 인사를 전하고 그렇게 친구가 되었다.

후로 언니 집에 놀러와 다 같이 김치찌개를 먹기도 하고,

공원에 앉아 위스키를 마시기도 했다.

엘리오스와 킥보드를 타고 파리의 밤거리를 곳곳 구경하기도 했다.

갑자기 쏟아지는 비를 맞으며 센강을 걷기도 했다.

영어도 프랑스어도 못하는 내가 답답했을 법도 한데,

좋아하는 것들에 있어 공통점이 많아 생각보다 많은 얘기를 나누었다.

슬프게도,

좋은 추억을 만들어 준 엘리오스에게 감사의 의미로 엘리오스가 키우는
강아지를 그림으로 그려서 선물해주었다.
엘리오스는 그 강아지 그림을 타투로 새겼다.

한국으로 돌아오는 비행기 안에서
파리 여행 내내 들었던 노래들을 다시 들으며
첫날부터의 기억을 천천히 되짚어봤다.
세월이 흐르고 나이를 먹어도 다채롭게 보낸 2주간의 파리에서의 기억은
눈을 감아도 눈을 떠도 선명하게 기억이 날 것이다.
죽기 직전에는 내가 살아온 삶이 파노라마처럼 스쳐 지나간다던데,
이 정도 인생이라면 옅은 미소 정도는 띌 수 있지 아니한가?
라고 생각할 정도로 좋았다.

슬프게도,

사람들은 저마다 여행에서 느끼는 행복감의 포인트가 다르다.

누군가는 먹는 게 우선이고, 누군가는 쉼이 목적이다.

나는 여행을 가면 많이 걷는 걸 좋아한다.

여행객들이 많이 다니는 길뿐만이 아니라 골목 곳곳을 걷다 보면

그 여행지의 진짜 풍경을 마주하게 되는 때가 있다.

그럴 때면 내 사진이 아닌 이곳의 사진을 담는다.

그렇게 내 마음속에 차곡차곡 쌓여 평생 잊지 못할 앨범이 탄생한다.

편한 여행은 쉬다 오면 그냥 끝이 나버리는 아쉬운 느낌이 든다.

많이 걷고 고생 좀 하다 돌아오면,

잔잔하게 남아있는 근육통만큼 그 여행의 여운이 계속 남는다.

슬프게도,

성장했다

28

무지개

맑은 하늘에 갑자기 소나기가 내리기 시작했다.
오래된 주택을 개조한 카페 지붕엔 거센 빗방울이 떨어졌다.
톡톡 거리던 소리가 금세 커져 카페 안을 가득 메웠다.

네모 반듯하고 정갈한 공간 안에는 우리 둘 뿐이었다.

활짝 열린 봉창문 앞 작은 테이블이 있었는데, 카페의 포토존인 듯했다.

사람이 많았더라면 앉을 엄두도 못 냈을 것이다.

우리는 그 자리에 앉았다.

열린 창문 밖으로 심어져 있는 나무의 잎사귀에 빗방울이 부딪히고

흙바닥으로 탁탁 튀기며 떨어지는 소리가 들렸다.

나란히 앉아 턱을 괴고는 떨어지는 빗방울을 멍하니 바라보았다.

어떤 외부 자극도 없이 편안하고 나른한 기분,

이런 기분이 오랜만인 것처럼 느껴졌다.

최근 나름의 힘든 일을 겪은 뒤로는 결핍투성이인 내가 되었다.

맛있는 걸 먹어도, 날씨가 끝내주게 좋아도

좀처럼 잘 웃어지지가 않고 모든 게 공허하게만 느껴졌다.

성장했다

84

슬프게도,

혼자 하는 깊은 사념이 영상으로든 사진으로든 티가 나는 건지,
며칠 전 오랜 유튜브 구독자분이 다이렉트 메시지를 보냈었다.

"3년 전부터 영상을 챙겨보기 시작하면서
어떠한 댓글 하나 남기지 않고 묵묵히 응원만 하던 팬이에요.
왠지 모르게 최근에 올린 영상을 보고 눈물이 났어요.
요즘 영상과 예전 영상들을 매일매일 보고 있으면
예전의 재잘재잘 활기차고 장난기 많던 예나 언니의 모습보다
많이 잔잔하고 성숙해졌다고 느꼈어요.
어떤 무게감이 언니를 주눅 들게 하는 건 아닌지,
아니면 무언가로부터 마음의 상처를 받고 있는 건 아닌지
조심스레 걱정도 됐어요.
또 보여지는 게 많은 직업이다 보니 생각과 고민이 많으셨을 것 같아요.
너무 좋은 모습만 보여져야 한다는 것에
힘들어하지 않으셨으면 좋겠어요.
저희가 알고 있듯이 언니도 언니의 진가를 알아주세요.
제게 타투이스트라는 직업에 대한 인식을 바꿔준 사람 또한 언니에요.
어떠한 안면식도 없이 매체를 통해 알게 됐음에도
언니라는 사람에 대해 알게 되었고, 진심으로 많이 응원할게요."

메시지를 받고 명치에서부터 목구멍으로 무언가 올라오더니
이내 코끝이 찡해졌다.
의지하고 싶어도 의지할 수 없고, 힘들어도 힘들다 소리 못하며
혼자 눌러 담고 삭혀버리는 나를 들킨 것 같아
씁쓸하고 쓸쓸한 마음이 들었다.
표정도 볼 수 없고 목소리도 들리지 않는 메시지일 뿐인데,
너무 큰 위로를 받아 몇 번이고 다시 읽었었다.

어떤 무게감이 나를 주눅 들게 하는 걸까?
에너지는 한정적이고 너무 많은 소비를 한 탓일까?
아니면 잠시간의 휴식기에 돌입한 걸까?
성숙해지는 과정인 걸까?
세상에 어떤 기대도 없어져 버린 건지,
내 마음의 무게는 결국 내가 만드는 건 아닌지.
이런저런 생각을 하다 보니 비는 금세 잦아들고
일몰 전 태양이 내는 마지막 빛에 방울방울 맺힌 이슬은 반짝거렸다.
빗소리로 가득하던 카페도 조용해졌다.

"예나야, 빨리 나와봐."

문을 열고 나가 보니 연분홍색 하늘에는
선명한 일곱 빛깔의 쌍무지개가 떠 있었다.

슬프게도,

무지개에 다른 색을 첨가하는 일은 무의미하다는 글을 본 적이 있는데,
이제껏 본 어떤 무지개보다 선명하고 아름답고 경이로웠다.

종종 무지개를 볼 때면
왠지 모르게 곧 좋은 일이 생길 것 같다는 희망을 품는다.
쌍무지개를 보니 행운을 두 배로 선물받는 기분이었다.

무지개를 바라보고 있으니 며칠 전 다이렉트 메시지를 보내 온
구독자분 생각이 나, 이런저런 복잡 미묘한 감정들이 오고 갔다.
내가 최근 힘든 상태였다는 걸 누구에게도 티를 내지는 않았는데,
혹시나 구독자분도 힘든 일이 있어 내 마음을 알아차린 건 아닐까 하는
걱정이 되기도 했다.

얼굴은 미소 짓고 있지만 눈 속에 슬픔이 보이는 사람들이 있다.
저마다 다른 결핍과 상처를 안고 살아가지만
우리는 그것들을 깊은 곳에 묻어두고는
타인에게 꺼내어 보여주지 않는다.
아는 만큼 보인다고, 상처도 받아본 사람만이
다른 사람의 상처를 조금이나마 헤아릴 수 있는 것 같다.
마음의 창인 눈을 통해 그 사람의 상처가 보인다.
온전히 이해할 수는 없지만.

성장했다

슬프게도,

성장했다

조금 더 어렸을 땐 상처를 보이는 것에 대한 거부감이 없었다.

왜? 그것도 결국 '나'니까.

그러나 시간이 지나 경험이 쌓이다 보니 생각이 바뀌었다.

그것들이 결국 내 단점이 되고 상대방이 나를 아프게 할 수 있는
특권을 내어주는 것처럼 느껴졌다.

누군가는 결핍을 무기 삼아 동정심을 유발하고,

누군가는 결핍이 있어도 없는 척 외면하고,

누군가는 결핍투성이로 산다.

누군가는 결핍을 직면한다.

더 잘하고 싶고 더 행복하고 싶고 더 잘 살고 싶고 더 갖고 싶고.

부족함을 채우고도 더 바라는 욕망에는 늘 결핍이 따른다.

그런 상태로는 채우고 채워도 계속 공허할 뿐이다.

카페에 앉아 소나기가 지나가기를 기다리면서 빗소리를 듣고,

그 시간 끝에는 선물처럼 쌍무지개를 보고.

그래, 이런 게 행복한 거지 싶은 인생. 별거 있었나 하는 생각에
문득 내가 왜 계속 힘들어했었는지 깨달았다.

슬프게도,

행복은 쫓는 게 아닌 걸 알면서도

힘든 일을 겪었다는 이유로 행복이라는 감정에 목이 말라

더욱 바라게 되고, 그 욕구가 결국에는 결핍을 만들었던 거다.

인간의 욕구 중에 기본적으로 의존적 욕구라는 게 있는데,

마음에 구멍이 나게 되면 우리는 주변의 소중한 사람들을 통해

그 구멍을 메우게 된다.

의지도, 스스로 다독거릴 용기도 없는 채로

혼자 마음에 뚫려버린 구멍을 메워보려 하다 보니

밑 빠진 독에 물 붓기가 된 셈이었다.

채워도 채워지지 않는 공허가 큰 외로움을 만들어 낸 거다.

구독자님의 말처럼 너무 좋은 모습만 보여주고 싶었던 건 아니었을까?

꼭 행복한 내가 아니더라도 괜찮았을 텐데.

지나고 보니 소나기 같았던 힘듦이 내 삶에 좋은 양분이 되어

성숙이라는 꽃을 피우게 해줬다.

배움은 끝이 없고 아직 한참 모자라지만,

적당히 의지하는 법을 알게 되고

어느 한쪽에만 감정이 과잉되지 않도록 유지하려는 노력을 하고 있다.

성장했다

긍정적 의미로 바라볼 때 결핍의 또 다른 모습은,
일도 사랑도 열정을 쏟을 수 있도록 해주는
좋은 원동력이 되기 때문이다.

끝으로 무지개를 보며 진심 어린 소원을 빌었다.
모두가 행복하길 바라며.

고통은 사람을 성장시킬 수 있으며,
근심은 사람을 더욱 성숙하게 만든다.
사는 게 쉽지 않다는 걸 명확히 알아야
자신이 가지고 있는 모든 것을 아끼고 사랑하게 된다.
— 쇼펜하우어

29

아쉬탕가

몇 년 전에 잠깐 요가를 다녔던 때가 있었다.
검색만 하면 가격부터 위치까지 모든 게 다 나오는 요즘 시대에,
예쁘고 반듯한 요가원보다는
따뜻하고 정감 가는 요가원을 다니고 싶었다.
동네를 오고 가며 봐두었던 요가원이 있었는데,
내가 추구하는 감성과 딱 들어맞았다.
블로그 리뷰도 몇 없는 오래되고 작은 요가원이었는데,
처음 수업을 들었던 날 선생님이 해줬던 이야기가
지금까지도 종종 생각날 정도다.

선생님의 첫인상 또한 또렷하게 기억난다.

시원시원하고 서글서글한 미소와 나긋한 목소리에서 느껴지는

강한 에너지가 있는 멋있는 선생님이었다.

기분 좋은 아로마 오일 향기와 곳곳에 보이는 취향이 담긴 화분들과 소품들.

사람과 공간이 주는 힘이 느껴지는 곳이었다.

매트를 피고 자리를 잡는다.

매트에 앉아 눈을 감고 선생님의 목소리를 따른다.

"코로 깊게 들이마시고, 코로 깊게 내쉬며 내 숨소리에 집중해 봅니다.

내 몸 구석구석 공기가 들어오고 나가고, 나에게 집중해 봅니다."

숨만 잘 쉬었을 뿐인데 몸이 편안해지고 이완되는 느낌을 받는다.

그 후로는 어렵고 힘든 동작들도 있었지만

급하지 않은 마음으로 천천히 따라 했다.

수업에 집중하다 보니 벌써 마지막 시간이 되었다.

매트에 누워 온몸에 힘을 빼고 눈을 감은 채로

선생님의 목소리에 집중한다.

내가 첫 수업에 들었던 얘기는

"우리는 과거도 아닌 미래도 아닌 현재에 살고 있습니다.

현재, 지금을 느껴보세요."

슬프게도,

성장했다

그때의 나는 현재에 만족하기보다는

지나간 것에 미련을 많이 두던 사람이었다.

그때 왜 그랬을까, 그때 이렇게 하지 말걸, 내가 좀 더 이렇게 했더라면.

나의 과거에서 오는 자책과 후회는 현재의 나를 괴롭게 한다.

후회한들 달라지는 게 없다는 걸 알면서도

사람 마음이라는 게 생각하지 말아야지 하면 더 생각하게 된다.

문득문득 떠오르는 미련의 조각들은

내 마음에 콕 박혀 나를 작아지게 만든다.

요가를 배워볼까 결심했던 이유도 그런 이유에서였다.

더 이상은 나를 작아지게 하지 말아야지.

요가를 다니는 한 친구가 그런 말을 했었다.

"내 몸과 마음에 집중하고 나면 멘탈이 단단해지는 느낌이야."

극찬을 했었다.

매일은 아니여도 꾸준히 운동을 했던 나는

내 몸에 집중해 운동하는 건 익숙해도

내 마음에 집중하는 방법은 전혀 몰랐다.

선생님의 이야기와 낯설지만 어딘가 모르게 마음이 편해지는

인도 음악을 들으며 누워 명상하는 시간에도

내 머릿속은 생각의 소용돌이로 복잡하고 혼란스러웠다.

슬프게도,

나마스떼.

그렇게 첫 요가 수련이 끝났다.

끝이 나고도 다들 모여 선생님과 이런저런 일상의 작은 얘기들을 하며

좋은 에너지를 몸에 가득 담아내는 듯 보였다.

새로 온 신입이라 그런지 나에게도 여러 질문이 쏟아졌다.

근처에 사는지, 첫 수업은 어땠는지, 타투가 예쁘다, 무슨 일을 하냐.

엄마 뻘 되는 중년의 아주머니 두 분과 선생님 그리고 나.

생각보다 낯가림이 심한 나지만,

편한 분위기에 나도 내 얘기를 하기 시작했다.

"타투를 해주는 일을 하고 있고,

친구가 요가 한번 배워보라고 추천해줘서 시작했어요.

오늘 선생님께서 해준 현재에 집중하라는 얘기가 너무 좋았어요."

선생님은 너무 신기해하며

"최근에 타투를 하고 싶다는 생각을 해서

알아보고 그랬는데 이거 인연이네요." 하며

다음에 타투하러 가겠다고 얘기하고는

현재에 집중하며 사는 마음가짐을 가지게 되면

내 안에 여러 가지 모습을 만나게 된다는 말씀을 해주었다.

요가원을 나오고 나니
미루고 미루던 요가를 했다는 뿌듯함과
늘 늦게 하루를 시작하는 나에게는 익숙하지 않은
오전의 따사로운 봄날이 좋아 왠지 모르게 세상이 아름다워 보였다.
점심을 먹는 순간에도 그 후에 일을 하는 순간에도
내가 지금 무엇을 먹고 있는지, 어떤 일을 하고 있는지
현재에 포커스를 맞추고 집중하다 보니
맛도, 일도 더 많이 느껴지는 것 같았다.

사실 지금 이 순간에 집중한다는 것은
너무나도 쉬운 일인데 그걸 놓치고 잊고 있었다니.
알고는 있지만 가끔 내 마음이
내 마음과 같지 않을 때에 좋은 멘토를 만나는 게
또 얼마나 중요한 것인지 알게 되었다.

요가를 가는 날에는 귀찮음을 이기고 부지런을 떨었다.
그전에는 내 메모장은 나의 감정 쓰레기통이었다면,
요가를 시작하고 나서는 오늘 하루
보고 듣고 느끼는 것에 대해 메모하는 습관이 생겼다.

성장했다

지난날의 나의 선택에 대한 후회가 발목을 붙잡아 머뭇거리다 보면
아무것도 시작하지 못한다는 것.

행복을 느끼는 방법은 생각외로 간단하다.
오늘의 하늘을 올려다보자.
선택과 집중.
머릿속이 복잡할 때는 생각을 하나둘 내쉬는 숨에 비워내고
마시는 숨에 좋은 생각으로 채워보자.
내 숨소리에 귀를 기울여볼 것.

그때 당시 메모장에 적어두었던 몇몇 글들이다.

스트레칭 정도로 알고 시작했던 요가는 많은 변화를 주었다.
어쩌다 보니 나도 주변 사람들에게 요가를 추천하고 다니기 시작했다.
선생님은 정말로 나에게 타투를 받으러 왔고 작고 예쁜 나비를 새겨드렸다.
수업이 없는 날에도 요가원에 놀러가
구움과자와 따뜻한 차를 마시며 사랑 이야기, 사는 이야기,
가족 이야기, 마음가짐에 대한 이야기 등 여러 이야기를 했다.

슬프게도,

성장했다

머리로는 답을 알고 있어도
마음으로는 선택하기 어려운 고민을 얘기할 때면
그것도 결국 내 마음이니 마음 가는 대로 해도 괜찮다고
나의 선택을 지지해주고,
인생은 항상 선택하며 사는 것이지만
내가 한 선택에는 후회가 없어야 하고
내 스스로를 항상 믿어야 한다고 용기를 주었다.

나이 차이가 느껴지지 않을 정도로 선생님과는 통하는 부분이 많았고
인생에 좋은 멘토이자 친구가 생긴 듯했다.
요가원이 리모델링을 하게 되어 잠시 긴 휴식기를 갖는 동안에도
놀러가 차를 마시고, 선생님은 나의 미적 감각을 칭찬해주며
요가원을 어떻게 꾸밀지에 대해 조언을 구하기도 했다.
그 공간에 내가 낸 작은 의견을 허투루 보내지 않고
채워나가는 선생님을 보며 정말 멋있는 어른이라고 느꼈다.
나도 요가를 꾸준히 하다 보면 선생님처럼 될 수 있을까,
이런 생각도 하면서 요가에 대한 내 애정은 지속적이었다.

그러다 내가 이사를 가게 되며 종종 안부를 묻는 사이가 되었다.

몇 년이 흐른 지금도 그때 나눴던 이야기들과 경험은

내 삶의 일부가 되어 나를 올곧게 해준다.

갈피를 못 잡고 헤맬 때마다 요가와 명상을 통해 나를 찾았다.

무엇을 원하는지, 어떤 삶을 살고 싶은지,

나를 알다 보면 많은 것들이 명확해지고 또렷해진다.

미완성인 누군가의 인생을 완성으로 바꿔 줄 수 있는

빛을 내는 에너지를 가진 그런 어른이 되고 싶다.

지금 이 순간은 결코 돌아오지 않고,

내 곁에 소중한 것들이 얼마나 귀한 것인지 아는 사람이 되고 싶다.

어떤 풍파가 와도 쓰러지지 않은 강인한 삶을 살아내고 싶다.

"숨을 깊게 들이마시고 마음을 가라앉히세요.

그리고 당신의 내면을 발견하세요."

"몸과 마음을 하나로 합치고 순수한 존재로 살아가세요."

30

불나방 사랑

가로등에 모여 있는 수많은 나방.
빛을 찾아 끊임없이 항해하는 모습이
꼭 사랑 같기도 해.
타 죽을지도 몰라.
그래도 빛을 찾아 날아갈래.

성장했다

31

익숙해진다는 게 마냥 슬픈 일은 아니야

향수가 여러 개 있지만
늘 뿌리는 향수는 똑같다.
몇 년째 같은 향수만 쓰고 있어서
그런지 이제는 내 향수 냄새가
맡아지지 않는다.
그러다 다른 향수를 골라 뿌린 날에는
하루 종일 그 향기가 느껴진다.
"아, 익숙해진다는 게 이런 거구나."
새롭고 향기 나던 사람도 누군가에게
익숙한 사람이 된다면
무취로 느낄 수 있겠구나.

익숙해져 향이 나지 않는다 해도
나쁘다고 슬픈 일이라고만
생각하지는 않는다.
익숙해진다는 건 당연한 거니까.
당연한 일에는 슬플 리가 없으니까.

성장했다

32

사랑은 음악을 사랑해

음악과 사랑은 필연적인 존재인 것처럼 느껴질 때가 많다.

같은 노래를 좋아해서 사랑에 빠지기도 하고,

같이 듣던 노래로 그 사람을 추억하기도 한다.

음악은 사랑을 다채롭게 만들어 준다.

사랑은 음악을 다채롭게 만들어 준다.

음악은 변하지 않지만 사랑은 변한다.

사랑은 변해도 음악은 남아 있다.

그렇게 남아있는 음악들은 추억이 된다.

슬프게도,

노래 한 곡이 주는 감정은
사랑의 기억을 환기시킨다.
함께한 순간들이
가사와 멜로디 속에 녹아 있어,
그때의 감정이 다시 살아난다.
사랑이 끝난 후에도
음악은 여전히 우리의 곁에 남아,
그 사랑이 얼마나 아름다웠는지를
상기시켜준다.

어떤 음악은 첫사랑의 설렘을,
어떤 음악은 이별의 아픔을,
또 다른 음악은 다시 찾아온
사랑의 기쁨을 떠올리게 한다.

음악은 사랑의 모든 순간을 담아내는
타임캡슐 같다.

성장했다

슬프게도,

성장했다

33

자전거

나이가 들면서 점점 더 자연을 가까이 하게 된다.

자연은 사계절 다른 모습으로 변함없이 나를 반겨준다.

요 며칠 날씨가 너무 좋아 자전거를 타고 출퇴근을 했다.

5분만 더, 10분만 더, 30분만 더 매일 늦장을 부렸는데,

좋은 날들을 그냥 흘려보내는 게 아까운 마음에 부지런을 떨게 되었다.

페달을 굴릴 때마다 마주 불어오는 바람이 참 시원하다.

어릴 때 자전거 타는 법을 배워두길 잘했다는 생각을 한다.

술을 마시고 친구들을 만나는 것도 좋지만
요즘은 혼자 보내는 시간이 썩 나쁘지 않다.
자전거를 타고 느긋하게 거리를 달리며
바람을 느끼고 공기를 마신다.
자연과 하나 되는 이 시간이
나를 더욱 자유롭고 행복하게 만든다.

햇살이 부드럽게 내리쬐는 오늘 같은 날,
나는 자전거를 탄다.
페달을 밟을 때마다 느껴지는 작은 진동과
바람의 속삭임이 나에게 말한다.

"지금 이 순간을 즐겨, 이것이 삶이야."
오늘은 날이 너무 좋다.

성장했다

34

사랑해

너는 내 빛이야.

그때도 지금도 앞으로도 너는 내 빛일 거야.

네가 바래진다 해도 나한테만큼은 넌 빛일 거야.

네가 어디에 있든, 어떤 모습이든,

내게 너는 언제나 가장 소중한 빛이야.

사랑해, 지금도, 앞으로도, 영원히.

35

오라(Aura)

사람들마다 고유의 색깔이 있다고 생각한다.
너무 순수한 나머지 백지처럼 하얀색이 떠오르는
사람도 있는가 하면,
겉은 번지르르해도 따뜻한 마음을 가지고 있어
노란색이 떠오르는 사람도 있다.
보고 있으면 괜스레 기분이 좋아져
초록색이 떠오르는 사람도 있다.
이런 사람들이 한데 모이면
참으로 다채롭다는 생각을 한다.
고유의 에너지와 색깔은
오롯이 나 혼자일 때 발산되는 게 아닌,
다른 사람들과 함께할 때 더 빛을 내는 것 같다.
여러 색들이 모여 이야기를 나누고 생각을 공유할 때면
뇌가 깨어있는 듯한 느낌을 받는다.
그래서 나는 색이 뚜렷한 사람을 좋아한다.

대체로 그런 사람들은 취향이 확실한 편이다.

스스로 무엇을 좋아하는지,

어떤 시간을 보낼 때 행복한지 알고 있으며,

나의 장단점이 뭔지 자기 객관화가 잘되어 있고

나만의 확고한 신념을 가지고 있다.

직업 특성상 다양한 사람들을 만나고

많은 사람들과 얘기를 나눌 기회가 많아서 그런지,

이런 것들은 과연 선천적으로 타고나는 건지

후천적으로 만들어지는 건지 깊이 생각해본 때가 있었다.

내가 내린 결론은 50:50이라고 생각했다.

선천적으로 타고난 기질을 가지고 삶을 살아가면서

사람들을 만나고 심도 깊은 대화를 나누며

내 내면을 들여다보면서 취향이라는 게 생기고,

나를 알면 알아갈수록 색은 더 진해진다.

그렇게 나만의 고유한 색깔이 만들어진다.

슬프게도,

아무리 타고난 기질이 좋아도 스스로 돌아보지 않고
생각을 멈추고 나를 알아가는 일을 하지 않는다면,
색이 발산되어 빛이 나는 게 아닌
속에 고여 검은 웅덩이를 만들어내는 것 같다.
검은색에 여러 가지 색을 섞어도 늘 검은색인 것처럼,
그런 사람을 돕기 위해 손을 뻗고 노력해도
결국 내 색만 더럽혀질 뿐이다.

그래서인지 나는 언제부턴가
나를 지키기 위해 알록달록한 나만의 세상을 만들었다.
물론 겪어보기 전에는 모른다고 나의 편견일 수도 있지만,
검은색을 가진 사람이
제아무리 여럿 밝은 색을 가진 사람인 것처럼 행동해도
유심히 들여다보면 티가 날 때가 많았다.

성장했다

가끔은 연민에 모르는 척할 때도 있었지만,
그 끝은 어두웠다.
더럽혀지기 전의 나의 색을
다시 찾을 때까지 오랜 시간이 걸린다.
그 과정에서 오는 에너지 소비도 크다.
모든 걸 처음부터 시작해야 하는 느낌이랄까.

합리적인 편견은 겪지 않아도 될 상처를 미연에 방지해준다.
상처도 받아보고 고통도 느껴봐야 성장한다는 말도 맞지만,
내가 조금 더 들여다보고 사람을 걸러
크게 다칠 일을 피하는 것도 중요하다.
여러 과정을 통해 이제야 조금은
나를 지키는 방법을 터득한 것 같기도 하다.

작정하고 속이면 모르겠지만,
어쨌든 이런 이유들로 또렷하고 맑은 사람이 좋다.
여러 색을 더해 다채로운 삶을 살아가는 사람들을 응원한다.

한번쯤은 내 주변 사람들은 무슨 색을 가지고 있는지,
나를 생각하면 어떤 색이 떠오르는지,
어떤 색을 가진 사람이 되고 싶은지
고민해보는 것도 좋을 것 같다.

슬프게도,

성장했다

36

좋댓구알

편집을 잘한다고 할 수는 없지만,

나름 유튜브에 애정을 가지고 꾸려가는 나는 편집하는 걸 좋아한다.

이사를 해 어느 집에 살더라도 창가에는 꼭 책상을 두곤 하는데,

와인이나 위스키 한 잔 따라두고는 앉아서 편집을 한다.

창문을 열어두어도 춥지 않은 계절에 비가 오는 날이면,

빗소리와 노트북 키보드를 두드리는 소리가 그렇게 좋다.

그 시간이 너무 좋아서 비가 오는 날이면 꼭 편집을 했다.

성장했다

슬프게도,

사실 처음 유튜브를 시작했을 때는

영상 안에 있는 내 모습이 그렇게 미워 보일 수가 없었다.

비대칭인 얼굴, 삐뚤어진 자세, 목소리, 말투,

모든 게 낯설게 느껴졌다.

카메라를 키면 편집하다가 마주할 내 못난 모습이 벌써 싫어

카메라를 켜기까지 엄청난 용기가 필요했었다.

이런 나를 보고 주변 사람들은 "원래 너대로 해봐"라고 말하지만,

그게 정말 힘들었다.

그때는 그랬다.

유튜브를 시작하고 내가 생각보다

더 타인의 시선을 의식한다는 걸 알았다.

그러면서도 진짜인 내가 아닌,

영상 속 많은 걸 신경 쓰고 꾸며진 나를 좋아하게 되는 것도 싫었다.

영상을 찍을 때마다 카메라를 물건에 걸쳐 세워두고는 없다고 생각했다.

단순한 나는 친구들과 떠들고 맛있는 음식을 먹고

그 시간에 몰입하다 보면, 동영상을 찍고 있다는 사실조차

잊게 되는 순간들도 있었다.

슬프게도,

성장했다

그렇게 영상의 개수가 늘어나고,
내 첫 영상이 5년 전이라는 사실을 알게 될 때마다
시간이 정말 빠르게 지나간다는 걸 느끼게 된다.

늘지도 줄지도 않는 구독자 수를 보며,
처음의 내 마음처럼
꾸밈없는 그대로의 나를 업로드하는 게 정말 좋아졌다.
가족들이나 친구들에게도 하지 않는 얘기들을
가끔은 덤덤하게 영상 자막을 통해 얘기하고,
오다가다 마주한 가슴 뭉클해지는 풍경을 찍어 올리기도 하고,
오래도록 기억하고 싶은 여행지나 사람이 생기면 영상을 찍기도 한다.

그런 순간들을 모아 편집을 하고 영상을 올리면 댓글이 달린다.
새로운 것들이 끊임없이 생기고 또 생기고,
그런 세상 속에 5년 동안 유행도 따르지 않고
조금 많이 심심할 법한 영상을 올리는 나라는 사람을
궁금해하는 든든한 친구들이 생긴 기분이 들었다.

슬프게도,

이제는 내 삶의 일부가 되어,
아름다운 풍경을 보면 보여주고 싶고,
내가 사랑하는 사람이 생기면 알려주고 싶고,
좋은 노래를 알게 되면 들려주고 싶고,
멋진 글을 읽게 되면 공유하고 싶을 만큼
나에게는 정말 둘도 없는 소중한 존재가 되었다.

의무도 부담도 아닌,
좋아서 하는 일이 되고 기록의 소중함을 결이 맞는 사람들과
소통의 소중함을 알게 되었다.

처음 책을 써보면 어떻겠냐는 제안을 받았을 때도
유튜브를 처음 시작했을 때처럼 겁이 났다.
용기를 낼 수 있었던 건 이제는 영상이 아닌 책이라는 매체를 통해
내 삶의 일부가 될 새로운 세상이 생길 것 같은
기대감이라는 용기가 생겼기 때문이다.

내게 이런 용기를 심어준 만큼
나도 사람들에게 용기를 주고 싶다는 생각을 했다.
재미없고 지루한 책일진언정, 누군가는 용기를 가졌으면 좋겠다.
책으로, 글자로 연결된 든든한 친구가 생겼다고 생각했으면 좋겠다.

성장했다

슬프게도,

성장했다

37

각자의 눈

인생은 힘들다. 정말 힘든 것이다.
그럼에도 각자의 눈으로 볼 수 있는
아름다움이 있기에 버틴다.
힘겨운 날들도 있지만,
그 속에서도 피어나는 작은 아름다움들.
누군가는 저마다의 방식으로
그 아름다움을 발견하고,
그것이 우리를 버티게 한다.

성장했다

슬프게도,

성장했다

어떤 날은 하늘의 색이,
어떤 날은 바람의 냄새가,
또 어떤 날은 사람들의 미소가
우리에게 작은 위로가 된다.
모두가 저마다의 눈으로 세상을 바라보며,
그 속에서 자신만의 아름다움을 찾는다.

그 작은 순간들이 모여 우리를 지탱하는 힘이 된다.
그래서 우리는 오늘도, 내일도, 살아간다.
각자의 눈으로, 각자의 방식으로.

성장했다

38

좋아하는 법

나는 싫어하는 게 잘 없다.

싫은 게 생기면 그걸 정말로 좋아하는 척을 한다.

운동이 하기 싫은 날에는 나는 운동을 정말로 좋아한다고 생각한다.

"나는 운동을 좋아해, 정말 좋아해." 최면을 건다.

운동뿐만 아니라 일, 사람,

모든 것에 최면을 건다.

나랑 멀어진 사람이 싫어지려고 할 때,

난 그 사람을 좋아한다고 생각하려고 한다.

싫다고 한 번 생각하게 되면

모든 것들이 싫어지니까.

애초에 싫어하지 않으려고 노력한다.

성장했다

슬프게도,

누군가를 미워하고 싫어하는 유치한 감정을
내 안에 들이고 싶지 않다.
좋다고 생각하다 보면 정말 좋아지는 때도 있다.
그렇게 진심이든 억지든 좋은 감정을
내 안에 가득 우겨넣고 살다 보면
좋아할 일들이 많이 생긴다.

39

게으름

어느 순간부터 나는 정말 게으른 사람이 되었다.

하기 싫은 일을 미루는 정도의 게으름이 아니라

아무것도 하기 싫을 정도였다.

언제부터일까?

지난날을 생각해보면 늘 비슷한 시간에 일어나 운동을 하고 일을 하고,

밥을 해먹고 저녁을 먹고 나면 또 걸었다.

샤워를 하고 나면 짧게라도 책을 읽었다.

쉬는 날에는 친구들도 자주 만났었고, 혼자라도 여기저기 돌아다녔다.

그런데 지금의 나는 모든 게 귀찮다. 왜일까?

게을러져서 인생이 이따위로 흘러가는 건지,

아니면 그때는 부지런히 살 수밖에 없었던 건지.

내가 게을러진 원인부터 찾아야겠다고 생각했다.

뭔가를 하려고 마음을 먹어도

사지에 돌덩이라도 올려놓은 마냥 몸이 움직여지지 않는다.

소파에 눕는 순간 물속에 가라앉듯

아래로 더 아래로 떨어져 몸이 무겁게만 느껴져

하루를 그냥 흘러보내는 날들이 잦아졌다.

일이 없으면 일을 찾고 할 일이 없으면 할 일을 만들던 나인데,

못함에서 오는 불안보다 안함에서 오는 안락함이 편해져버렸다.

더 이상 이렇게 지내면 안 된다고 외치지만,

나는 지금 내 마음의 소리도 못 들은 척하며 계속 게을러지고 있다.

갑작스런 게으름은 야망도 열정도 모든 걸 귀찮게 느끼게 만들었다.

꿈도 희망도 느껴지지 않게 만들었다.

성장했다

원인부터 찾아야겠다고 생각해 일단 집에서 벗어나 무작정 걸었다.

걷다 보면 답을 찾기도 했으니까.

내가 생각하는 것만큼 따라주지 않는 인생에

현타와 번아웃이 온 것이었다.

20대의 번아웃과 30대의 번아웃은 무게 자체가 다른 느낌이다.

책임져야 할 것들이 많아진다는 건 무서운 것이었다.

내가 지향하는 목표는 너무 높은데,

왜인지 나는 계속 제자리걸음을 하는 듯이 느껴졌었다.

30대에는 다들 이런 생각을 하나 초조하고 불안했다.

슬프게도,

글을 쓰는 지금에는 게으름만 가득했던

초조하고 불안했던 지난 시간이 무색하게도 뭐라도 해보자,

안되면 또 해보자 하는 나로 돌아왔다.

정말 한 치 앞도 알 수 없는 인생이라는 게임 속에서

게으른 내가 다시 튀어나와 모든 걸 귀찮아할 수도 있겠지만,

나는 또 안다.

금방 극복할 거라는 걸.

40

난 살아있다고 착각해요

공허해 보기도 해보고, 외로움도 느껴 보세요.

가져도 보고, 잃어도 보세요.

공감은 바라지 마세요. 어차피 몰라요.

가끔은 좋은 책, 좋은 음악, 맛있는 음식도 먹으며

살아있다고 착각해요.

타인의 시선을 의식하느라 나의 즐거움을 놓치고 싶지는 않아요.

근데 사실, 즐거운지도 잘 모르겠네요.

성장했다

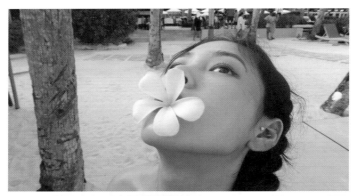

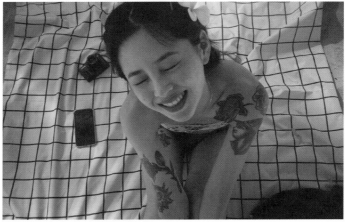

슬프게도,

성장했다

41

내가 뮤직비디오 여주인공이라니

핸드폰의 모든 알람을 꺼놓고 사는 나는
카톡도 메일도 몇백 개씩 쌓아두곤 정리를 하지 않는다.
특별한 이유가 있냐고? 그냥 귀찮아서다.

그러다 최근 별 생각 없이 메일을 들어가 봤는데,
뮤직비디오에 출연할 생각이 없냐는 제안 메일이 와 있었다.
음악을 들어보니 따뜻하고 잔잔하면서
편안하고 귀여운 어쿠스틱 노래였다.

난 촬영을 하는 일에 욕심도 없고 그리 좋아하지도 않으면서,
무슨 용기였을까 해보고 싶다는 생각이 마음으로 느껴졌다.
갈대 같은 내 마음이 바뀌어버리기 전에 바로 답변을 보냈고,
연락이 빠르게 진행되어 미팅 날짜를 잡았다.

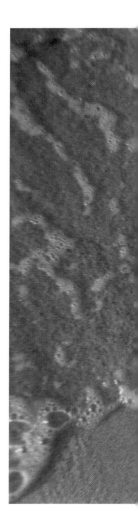

이런 몽글몽글한 음악을 만든 사람은
어떤 사람일까?
호기심 반 긴장 반으로
이태원의 어느 카페에서 기다리고 있는데,
누군가 인사를 건네왔고 나는 바로 이 사람이
내게 메일을 보낸 사람이구나 알 수 있었다.
가벼운 인사를 나누고
음악에 대한 얘기를 시작했다.
어떤 마음으로 만들었으며,
영상을 어떤 식으로 담아내고 싶다고 얘기하는데
이 사람의 손짓, 표정, 말투 어느 구석을 봐도
정말로 음악을 진심으로 좋아하는 게 느껴졌다.

한 시간도 채 안 되는 시간 동안
여러 얘기를 나눴고 알게 된 사실은
촬영은 제주도에서 할 거라는 점,
음악을 정말 좋아하는 이 친구의 이름은
박유신이라는 것, 또 나랑 동갑이라는 것,
촬영의 컨셉은 뜨거운 사랑 중인
연인의 모습을 담고 싶다는 것이었다.

슬프게도,

성장했다

다음 주 촬영 날짜를 잡고 서로 화이팅을 외치며 헤어졌다.

집으로 돌아와 핸드폰을 열어보니

단톡방이 생겼고 촬영 컨셉을 전달받았다.

스토리를 읽다 보니 내가 과연 이걸 할 수 있을까?

생각도 없이 마음이 끌려 너무 큰일을 벌인 걸까?

이런저런 생각을 하면 할수록 느는 걱정에 촬영 전까지 생각 말자,

내가 끌려서 벌인 일이니 그냥 해보자 싶었다.

또 다솔 언니가 일일 매니저를 자처해

함께 제주도에 또 갈 수 있는 명분이 생겼으니

그걸로 된 거라고 생각했다.

촬영 전날 밤 비행기를 타고 제주도로 향했다.

도착하자마자 숙소에 짐을 놓고 영상을 찍어줄 감독님과 만나

커피를 마시며 사랑에 대한 이야기를 했다.

사랑할 때 나는 어떤 모습인지 질문을 받고,

지난 연애에 대한 좋았던 기억 몇 가지를 얘기했다.

그 당시를 회상하면서 얘기하다 보니

나 참 뜨겁게 사랑하며 살았구나 싶었다.

슬프게도,

나는 삶은 사랑이라고 생각한다.

예나 지금이나 그 생각은 변함이 없다.

사랑은 영감을 주고 활력을 주고 배움을 준다.

크게 연기할 것도 없이

그냥 사랑하는 나를 보여주면 되는 거라고 했다.

미팅을 끝내고 다솔 언니와 숙소까지 한 시간 반을 걸었다.

조금은 쌀쌀한 바람에 파도 소리, 곤색 하늘에 별,

내가 지금 제주도라는 사실에 마냥 들떴었다.

한 시간을 걸어도 두 시간을 걸어도 다양한 주제로

끊임없이 얘기할 수 있는 언니랑 시시콜콜한 얘기를 하다 보니

금세 도착했고 우리는 잠자리에 들 준비를 했다.

슬프게도,

성장했다

슬프게도,

다음 날 일어나 메이크업을 받고 촬영을 시작했다.
처음에는 긴장이 풀리지 않아 어색했지만 금세 적응해
내 걱정과는 다르게 즐겁게 촬영했다.
야행성인 나는 오전에 나갈 일이 거의 없는데,
오전에 내리쬐는 햇살이 포근하고 살랑살랑 불어오는 바람이
따뜻해 기분까지도 좋았다.
시간이 지나고 해가 중천에 뜰 때쯤엔
정수리에서 열이 나는 것 같이 느껴질 정도로 뜨겁고 더웠지만
푸르른 잔디에 여기저기 피어있는 들꽃을 보니 마냥 좋았다.
함께 움직이는 모두가 지치고 힘든 내색 하나 없이
웃고 몰입하고 즐기고 있었다.
그 에너지를 받아 나도 더 잘하고 싶다는 욕심도 생겼다.
오기 전에는 그렇게 걱정이 많았는데
내가 걱정을 했었다는 사실도 잊을 정도로 즐거웠다.

촬영을 끝내고 서로 좋아하는 노래를 공유하며 맥주를 마셨다.
음악적 취향이 맞는 사람을 찾는다는 게 쉬운 게 아닌데
신기하게도 다들 취향이 비슷해 좋은 노래들을 함께 들었다.
하루 더 제주에 있기로 한 우리들은 숙소에서 나와
아침을 함께 먹기로 했다.
날씨가 우중충하니 비가 올 것 같았는데
금세 빗방울이 떨어져 비바람까지 불었다.

성장했다

비 좀 맞으면 뭐 어때, 내리는 비를 온몸으로 맞아가며
아담하고 조용하고 귀여운 고양이가 있는
모든 게 느린 어느 한 카페에 도착했다.
느린 카페라고 말한 이유는 카페 초입 입간판에
"나는 모든 것이 느려요. 음료가 늦게 나올 거에요.
나와 같은 속도로 함께 갈 수 있다면 참 좋을 거에요"라고
써져 있었기 때문이다.

카페에 들어서는 길부터 여기저기 적힌 문구들을 보고
사장님의 취향이 엄청나게 확실하고 확고할 것 같다는 생각을 했다.
아니나 다를까, 크고 작은 소품하며 곳곳에 놓인 책까지도
사장님의 손길 안 탄 곳이 없는 느낌이었다.
빗소리와 우리의 웃음소리, 다른 테이블에 앉은 손님들의 말소리까지
참 좋다라는 말이 절로 나올 정도로 편안했다.
카페에서 쉬다가 택시를 불러 제주시로 향했다.
제주시 숙소에 짐을 놓고 보드게임도 하고 해안도로를 걸었다.

슬프게도,

인연이라는 건 정말 신기하다.

나는 살아가면서 생기는 크고 작은 일에

어느 정도의 의미를 부여하는 편인데,

내가 메일을 확인하지 않았더라면,

내가 용기를 내지 않았더라면 지금쯤 서울에서 뭐 하고 있었을까?

이렇게 좋은 사람들을 알지 못했겠지.

내 작은 행동과 미세한 변화가 날 여기까지 이끌어줬고,

나비효과처럼 오늘날의 경험이 또 다른 파장을 일으켜

예상치 못했던 큰 변화를 가져올 수도 있겠다는 생각을 했다.

마음이 이끄는 곳으로 내 몸은 따라가기만 하면 되는 거였다.

늘 지레 겁먹어 놓쳤던 일들이 많았다.

조금의 용기는 생각보다 큰 변화를 만들어줬다.

선하고 사랑스러운 에너지만 가득 채우고 왔다.

42

아빠 미안해, 아빠 얘기 좀 할게

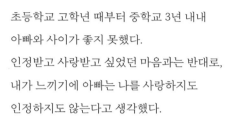

초등학교 고학년 때부터 중학교 3년 내내
아빠와 사이가 좋지 못했다.
인정받고 사랑받고 싶었던 마음과는 반대로,
내가 느끼기에 아빠는 나를 사랑하지도
인정하지도 않는다고 생각했다.

그런 마음을 품고 지내다 보니
아빠랑 나는 점점 더 대화가 없어지고,
나는 나대로, 아빠는 아빠대로
서로 상처 주기 일수였다.

인정하긴 싫지만 아빠의 불같고 까탈스러운
성격을 닮은 나는 하지 말라는 짓만 골라 하는
청개구리가 되었다.
그건 내 나름대로의 생존 방식이었다.

일주일에 서너 번 시덥지 않은 이유들로
부딪혀 밥을 먹다가도 싸우고,
가족여행을 가서도 싸우고,
불같은 둘 사이에서 엄마랑 남동생은
눈치만 봤다.

성장했다

그 당시에는 아빠가 너무 미웠었다.

그러다 내가 예고에 가게 되어 타지에서 자취를 하게 되면서

아빠를 자주 볼 일이 없다 보니 자연스럽게 싸우는 일도 잦아들었다.

무뚝뚝한 남자였던 아빠는 방학이 되어 내가 집에 내려가지 않아도

딱히 전화를 한다거나 나를 보러 온다거나 하지 않았었다.

나는 나대로 학교생활에 충실하며 타지에서의 삶을 꾸려나갔다.

어린 나이에 겁도 없이 혼자 살 수 있었던 건,

늦게 들어가도 밥을 먹지 않아도 친구들과 어울려 놀아도

내게 뭐라고 잔소리할 사람이 없다는 그 해방감이 좋았다.

그래서인지 무섭다거나 외롭다거나 힘들다는 생각을 하지 않았다.

3년 내내 아빠랑 싸우고 부딪힌 걸 잊고 싶어

새로운 동네, 새로운 친구들, 아무도 나를 모르는 게 좋았다.

학교가 끝나고 미술학원에서 밤늦게까지 그림을 그리다 보니

동양화를 같이 전공하던 친구들이랑은 금세 가까워졌다.

어쩌다 부모님 얘기가 나올 때면

"우리 아빠는 보수적이고 엄청 무서워, 그래서 나랑 사이 안 좋아"라며

아빠 얘기를 더 하지 않았고, 친구들도 더 묻지 않았다.

슬프게도,

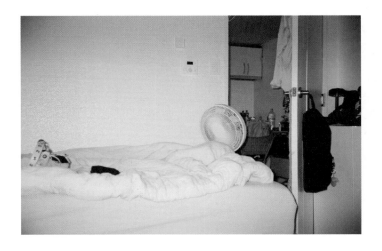

성장했다

어쩌다 한 번씩 가족 기념일이나 명절에

집을 내려가도 나는 여전히 아빠가 무서웠다.

큰맘 먹고 가도 또 다투게 되었다.

돌아오는 길은 늘 속상했고 아빠에 대한 미움도 점점 커져갔다.

'우리 아빠는 왜 저럴까. 우리 아빠는 왜 나한테만 자꾸 화를 낼까'

고등학교 졸업 후 친구들보다 일찍 돈을 벌기 시작했다.

부모님께 인정받지 못하던 난 온전히 내 벌이로 생활하고

고양이를 키우기 시작하면서부터 조금씩 철이 들었다.

문득 어느 날 아빠에 대해 생각해본 때가 있었다.

그 생각의 시초는 알바하던 카페 사장님이랑 대화하던 중이었다.

"부모님도 부모님이 처음이지 않을까"

나한테는 꽤나 인상적이었다.

난 그런 생각을 해본 적이 단 한 번도 없었는데,

그럼에도 불구하고 나는 내 결핍의 원인이

아빠 때문일 거라고 생각하며 오랜 시간 동안 아빠를 미워했다.

성장했다

해가 지나고 나이를 먹어감에 따라 아빠도 나이를 먹어가고,
오랜만에 아빠를 만난 어느 날은 수척해진 아빠의 모습에
갑자기 슬프고 이상한 기분이 들기도 했다.
더 나은 사람이 되고 싶어 나의 결핍을 이해하고 받아들이면서
나는 삶을 대하는 태도가 바뀌기 시작했고,
그때부터 아빠를 바라보는 시선도 달라졌다.

고등학생 때부터 스무 살 초반까지 우울증 약도 먹었었는데,
친구들에게 내가 약을 먹고 있다고 말해도 친구들은
밝은 내 겉모습만 보고는 우울증 환자 같지 않다는 말을 하곤 했다.
지금이야 마음이 아프면 정신과 진료를 받는 게 당연했지만,
10년 전까지만 해도 정신과에 대한 인식이 좋지 않았고,
그 사실을 알면서도 18살의 나는 내 의지로 진료를 받으러 갔었다.

의사 선생님은 할아버지였는데,
유년기와 청소년 시기의 아빠와의 유대 관계가
성인이 되고 연애를 하거나 결혼을 했을 때
매우 중요한 작용을 한다는 얘기를 해주셨다.
간단하게 말하면 아빠와의 친밀감이 사회성과 독립심,
자존감에 큰 영향을 미친다는 것이었다.

슬프게도,

친구들과 선생님들에게 사랑받고 애정과 관심을 받아도
나는 늘 배가 고팠다. 항상 사랑이 고팠다.
혼자 있는 시간은 너무도 싫었고 늘 사람 곁에 있어야 했다.
강한 사람이 되고 싶으면서도 시작을 어떻게 해야 할지 몰라
계속 아빠 탓을 했었다. 나는 겁쟁이었다.

내 안에 나를 마주하는 연습을 계속했다.
내가 되고 싶었던 어른이 된 나를 생각하고
그 모습에 가까워지기 위해 노력했다.

첫 번째로 더 이상 아빠 탓을 하지 않았고,
두 번째로 내가 부족한 사람이라는 것을 인정했고,
세 번째로 앞으로 나아갈 의지가 큰 사람이라는 것을 칭찬했다.

그렇게 마음먹고 지내다 보니 지금의 내가 되었고,
끝없는 자아성찰과 되새김질, 노력으로 바뀐 지금의 내 모습을 사랑한다.
나의 자존감은 이토록 노력하면서 살아온 내면으로 부터의 자존감이다.

베르세르크라는 만화를 정말 좋아해서 몇 번씩 다시 보곤 하는데
이런 말이 나온다.
"절대적인 운명에 대한 인간의 자유의지의 저항을 생생하게 보여준다"

성장했다

내가 가진 기질과 환경을 한순간에 바꾸기는 힘들겠지만,
주어진 것에 주저 앉지 않고 발전시키다 보면
미비하지만 분명한 변화가 생긴다.

나는 아빠를 사랑한다. 아빠도 아빠가 처음이었으니까.
지금은 둘도 없는 친구가 되었다.
남자친구와 헤어지고 너무 힘들어 아빠한테 전화했을 때가 있었다.
그때 아빠가 해준 말을 듣고 많이 울었다.
"인생은 희로애락이다. 슬픈 만큼 즐거운 날도 오고 즐거운 만큼
슬픈 날도 분명 있다. 지금은 많이 아파하고 슬기롭게 잘 이겨내라"
내가 아빠를 인정하니 아빠도 나를 인정한다고 느껴졌다.

슬프게도,

각각의 다양한 환경에서 자라온 사람들에게
"나는 이렇게 변했으니 당신들도 변할 거에요" 얘기하고 싶은 게 아니라,
주어진 환경에서 나는 최선을 다해 변화했다는 걸 얘기해주고 싶었다.
모두가 나와 같지는 않고 사람은 다 다르니까,
받아들이는 것도 다를 테니까.

확실한 건 앞으로 나아가냐 마냐는 내가 선택하는 거고,
용기를 내어 나아가기로 선택했을 때 따라오는 변화는
제법 달콤하다는 것이다.

가끔 생각한다.
내가 계속 아빠 탓을 하며 나를 돌아보지 않고
부정에만 갇혀 살았다면 나는 지금 어떤 모습일까.
그랬더라면 유튜브를 하는 것도,
책을 쓰는 것도 어려운 일이 아니었을까.
주어진 운명을 거스르고 스스로 개척해내며 사는
모든 사람들을 응원한다. 진심으로.

슬프게도,

성장했다

43

사랑한다고 말하고 싶었어

아무 말하지 마.

너의 눈을 들여다보면 알 수 있어.

받는 게 더 익숙한 사람은 주는 방법을 모른다고들 하지.

그런 게 아니라, 서툴 뿐인데,

서투름이 부끄러워 매번 말을 삼키곤 해.

덜 사랑하는 것에는 사랑한다는 말이 쉬운데,

더 사랑할 때는 사랑한다는 말이 어려워.

그러니 내가 침묵할 수 있게, 아무 말하지 마.

슬프게도,

성장했다

44

Birds of a Feather

너는 항상
종이와 펜을 챙겨 다니곤 했어.
나와 함께하는 순간을
종이에 그리는 너.
차고 넘치는 너의 큰 마음을
그 작디작은 종이에
다 담을 수나 있었을까?
사랑만 하기엔 불안한 현실도,
끝을 알 수 없는 미래도,
아무것도 상관없다는 듯
펜촉에 내 모든 걸 그려내던 너.

성장했다

45

생각이 많은 날

사람은 무엇으로 사는가.

늘 생각하면서도 그 끝내 답을 내지 못하는 미지의 영역.

이런저런 생각을 하다 보면 나는 무엇으로 살고 있을까?

나만 이렇게 생각이 많은 걸까?

존재에 대한 이유를 생각해 본 적이 있나?

다들 그럴까? 나만 그럴까?

나는 이상한 사람인 걸까?

나는 그냥 이런 사람인 걸까?

내가 되고 싶은 건 뭘까?

아니, 애초에 되고 싶은 게 없던 건 아닐까?

그럼 뭘 하고 싶은 걸까?

근데 오늘 저녁 뭐 먹지?

성장했다

사람은 누구나 생각이 많은 날이 있어.

그 생각들이 끝없이 이어져 실타래처럼 엉키고 설키기도 하지.

존재의 이유, 삶의 목적, 미래의 불확실성에 대한 고민들.

그 모든 생각들 속에서 나는 누구인지,

어디로 가고 있는지 묻고 또 묻게 돼.

내가 이상한 걸까, 아니면 모두가 나처럼 고민하고 있는 걸까.

그런 생각에 빠져 있다 보면 때로는 내가 정말로 어떤 사람인지,

무엇을 원하고 있는지조차 모호해져.

되고 싶은 게 있긴 한 걸까, 아니면 그냥 흘러가는 대로 사는 걸까.

삶의 큰 질문 속에서 나는 가끔 너무 작고, 미미하게 느껴져.

슬프게도,

성장했다

46

40대에는 어떤 말이 좋을까

10대엔 귀엽다는 말이 좋았고
20대엔 예쁘다는 말이 좋았다.
30대에는 매력 있다는 말이 좋다.

그렇다면 40대에는 어떤 말이 좋을까?

성장했다

슬프게도,

아마도, 40대에는
지혜롭다는 말이 좋을 것 같다.
젊음의 아름다움을 지나,
삶의 경험과 깊이를 담은 지혜가
빛나기 시작하는 나이니까.
귀엽고 예쁘고 매력적인 모습은
여전히 중요하지만,
그 너머에 있는 지혜와 내면의 성숙함이
더욱 빛을 발하는 때니까.

40대엔, 나의 삶의 이야기가 담긴
주름 하나하나가 자랑스럽고,
내가 걸어온 길을 돌아보며 얻은
통찰과 경험들이 나를 더욱 빛나게 할 거야.

성장했다

슬프게도,

성장했다

47

진짜 괜찮아

힘들다 생각하면 힘들어지고
외롭다 생각하면 외로워진다.
싫다고 생각하기 시작하면 끝도 없이 싫어지고
괜찮다고 생각하면 정말 괜찮아질 것 같다.

우리 마음이란 게 참 신기해.
생각이 현실을 만들어내는 것 같아.
힘든 일도, 외로운 순간도, 싫은 감정도
내가 어떻게 생각하느냐에 따라 달라지는 걸 보면 말이야.

그래서 진짜 괜찮다고 생각해보려고 해.
어떤 상황에서도 "괜찮아"라고 스스로에게 말해주면
정말로 괜찮아질 수 있을 것 같아.
힘들 땐 스스로에게 괜찮다고 속삭이고,
외로울 땐 스스로를 다독여주고,
싫은 게 많아질 때도 좋은 점을 찾아보려고 노력하면
어느새 정말로 모든 게 괜찮아지지 않을까.

우리 마음속에 있는 힘을 믿어보자.
진짜 괜찮아질 수 있어.
괜찮다고 생각하면, 정말 괜찮아질 거야.

성장했다

슬프게도,

성장했다

48

오색영롱

사랑이란 단어를 사람으로 빚어낸다면 그건 네가 아닐까.

진부한 말이지만, 너는 웃을 때가 가장 예뻐.

네가 가진 아름다움은 글로도 말로도 풀어낼 수 없는
오색영롱한 빛이야.

어떤 모습이라도 나는 늘 너의 곁에 있을 거야.

슬프게도,

49

그냥 사랑

어릴 땐 상대방이 어떤 사람인지도 모른 채
외모만 보고 좋아하기도 했어.
좋다고 따라다니면 그게 좋은 건 줄 알았던 때도 있었지.
그렇게 만나다 보면 알아가는 과정에서 크게 실망하거나,
처음과 같은 열정이 안 보이면 짜게 식는 경우도 생겼고,
그러다 보니 짧은 연애가 더 많았어.
사람을 많이 만나봐야 사람 보는 눈이 생긴다는 말들 많이 하던데,
나도 이 말에 어느 정도 동의해.

나에게 연애라는 건 단순히 남녀 간의 사랑이 아니라
나를 성장하게 해주는 원동력이라고 생각해.
영화에서는 보통 사랑에 빠지는 순간을 슬로모션으로 표현하잖아.
중학교 2학년, 절절한 짝사랑을 시작으로 사랑에 빠지는 순간엔
모든 게 느리게 보인다는 걸 이해하게 됐어.

교복 주머니에는 몇 날 며칠을 고민하며 써내려간 손편지를
항상 넣어두고는 마주치기를 기도했지.
어떻게 전달할지, 성큼성큼 걸어가 줘야 하는지,
느리게 걸어야 하는지, 표정은 어떻게 지어야 하는지
몇십 번의 시뮬레이션을 돌리고도 막상 마주치면
혼자 발그레진 얼굴로 아무 일도 없다는 듯 옆을 지나치곤 했어.
나의 첫사랑은 순수했고 바보 같았지.

성장했다

그렇게 내 마음도 제대로 전하지 못한 채 끝이 났어.

십여 년이 지난 지금도 첫눈에 반한 그날의 기억이 선명하게 떠올라.

학교 본관에서 음악실로 이동해야 하는데,

맑은 하늘에 갑자기 내리는 소나기에 본관에 멍하니 서 있는데,

저 멀리서 해맑은 웃음을 지으며 뛰어오는 남학생을 보게 되었지.

그 순간엔 정말 모든 게 슬로모션으로 보였어.

그렇게 짝사랑이 시작됐어.

이런 경험이 있었기에 사랑 영화에서 사랑에 빠지는 순간을

담아낼 때 무척 공감이 됐어.

그 후로 나이를 먹어가며 다양한 사람들을 만나며 첫이별도 경험하고,

사람들이 소위 똥차라고 표현하는 사람도 만나보고,

모든 게 정말 잘 맞았지만 상황 때문에 헤어져 보기도 하고,

여러 만남과 이별을 겪으며 나에게 남는 건

그전보다 한층 더 성숙된 나였어.

나는 매번 연애에 최선을 다하고,

최선을 다해 힘들어하고, 또 금방 잘 털어내는 편이야.

처음엔 나도 죽을 듯이 힘들고 속이 상해

밥도 못 넘기는 날도 있었지만,

남녀 간의 뜨거운 사랑만이 연애라고 생각하지 않아.

한 사람을 만나 다양한 대화를 나누고,

슬프게도,

함께 시간을 보내면서 나도 모르는 내 모습을 발견하고,

그 사람을 관찰하며 장점을 찾아주고,

가족이나 친구가 찾아주지 못하는

다른 영역의 나를 발견하는 게 연애라고 생각해.

매번 연애가 끝날 때마다 내 장점도 단점도 더 확실하게 알게 되고,

그 후에 새로운 연애가 시작될 때면

그전에 내가 가지고 있었던 단점을 고치기 위해 노력해.

이런 것들이 쌓이다 보면 연애뿐만 아니라

사회생활이나 일에도 긍정적인 영향을 줘.

내가 나를 잘 안다는 건 아주 강력한 무기가 돼.

그러다 보면 사람을 보는 눈도 자연스럽게 높아지는 것 같아.

이제는 사람을 볼 때 내면을 많이 보게 됐어.

내 일에 얼마나 애정이 있는지, 혼자 보내는 시간을 어떻게 보내는지,

취미를 가지고 있는지, 좋아하는 영화나 음악이 있는지,

타인에 대한 배려심, 삶을 대하는 태도 등등.

내면이 옹골찬 사람을 좋아하게 됐어.

나는 발전하기 위해 꾸준히 노력하는 사람이기 때문에,

누군가 이상형을 물을 때면 항상 나 같은 사람이라고 자신 있게 대답해.

그런 이상형을 만난다는 건 어려운 일이지만.

성장했다

사랑에 실패해 낙담하고 상처받고 힘들어하는 사람들이 많아.

얼굴도 모르는 인스타그램 팔로워들이

그런 고민을 내게 털어놓기도 해.

다른 글에도 적었듯이 사랑은 인간이 할 수 있는 행위 중

가장 유치하고 성숙한 행위라고 생각해.

나는 많은 사람들이 사랑하며 살았으면 좋겠어.

상처받을 게 두려워 사랑을 하지 않거나,

환경이 받쳐주지 못해 포기하거나,

더 이상 기대하지 않는 일이 많지만,

인연은 분명 존재하고 그 인연이 찾아왔을 때

놓치지 않으려면 내가 올곧은 길을 걷고 있어야 해.

사랑은 나를 성장하게 하고,

나를 발견하게 하고,

나를 더 나은 사람으로 만들어.

그래서 나는 사랑을 포기하지 않아.

진짜 사랑을 할 수 있는 그날까지,

나는 계속해서 사랑을 찾아 나설 거야.

슬프게도,

성장했다

슬프게도,

성장했다

50

말의 무게

남들이 볼 때 아무 걱정 없고 유유자적 자유로이 살아가는 듯 보여도,

산다는 자체가 귀찮게 느껴져

모든 것에서 이제 그만 해방되고 싶다는 생각을 하기도 했다.

우울함을 충만히 느끼는 내 안에 또 다른 나의 모습이다.

한때는 이런 나약한 내가 싫어서

병원도 다녀보고 약도 먹어보고 그랬었다.

그때는 여러 다양한 모습들 중 밝고 긍정적인 모습만 비춰지길 바랐다.

우울함이 찾아오면 해소할 방법조차 몰라

내 스스로를 아프게 힘들게 했다.

그래야만 괜찮아지는 기분이 들었다.

내가 다른 사람을 아프게 할 수 없으니 끊임없이 나를 괴롭혔다.

그러다 어느 날 누군가 내게

"너의 밝은 모습 뒤로 비춰지는 은은한 우울함이 좋아.

난 너의 우울도 사랑해"라고 얘기했었다.

정말 신기하게도 그 얘기를 듣고 나의 우울함 또한 사랑하게 되었다.

솔직한 만큼 감정에도 솔직한 나는, 기쁘면 기쁜 대로,

우울하면 우울한 대로 그 감정에 몰입해 많이 느끼는 것이었다.

자연스러운 감정이라고 받아들이기 시작하니,

우울한 내가 찾아와도 '이러다 곧 말겠지, 자고 일어나면 괜찮겠지'

덤덤하게 흘려보내게 되었다.

슬프게도,

성장했다

우울하다는 이유로 타인에게 자꾸 기대려 하면
내 스스로 자꾸만 작아진다.
우울함 덕에 고독력 또한 커졌고,
또 이런 우울함은 내가 글을 쓸 때나 그림을 그릴 때
뭔가 만들어낼 때에 장점이 되어 꽤나 좋은 결과물을 만들어낸다.
가끔은 어떤 고비도, 어떠한 역경도 없이
꽃길만 걸어왔을 나를 상상한다.
지금보다 더 밝고 긍정적이었겠지만,
이렇게 강인한 나는 못 되었겠지 싶다.

그 뒤로 주변에 우울증으로 힘들어하는 친구가 있을 때면
나는 "우울함에 쉽게 전염되는 사람이 아니니까 괜찮다"고 말해주며
옆에서 많은 시간을 함께 보냈다.
그렇게 시간을 보내며 조금씩 괜찮아지는 친구를 보면서
변하지 않는 나무 같은 사람이 되고 싶다는 생각을 했다.
한결같이 늘 같은 자리에서 사랑하는 사람들 옆을 지키는
그런 나무 말이다.

슬프게도,

한마디의 말이 나를 변하게 했고,

나의 작은 행동이 내 친구를 변하게 만들었다.

내가 우울함을 대하는 태도를 바꾸게 해줬으며,

그렇게 변한 나의 행동이 내 친구를 바꿔줬다.

살면서 말의 무게와 무서움을 정말 많이 느낀다.

말은 사람을 병들게 하기도 하고

모든 게 다 괜찮아지는 듯이 느껴지게 만들기도 한다.

똑같은 이야기를 하더라도 어떻게 말하느냐에 따라

그 사람의 살아온 환경과 성품이 느껴지기도 한다.

필터링 없이 하고 싶은 말들을 마구 쏟아내던 시절도 있었지만,

따뜻하고 예쁜 말이 주는 힘을 느낀 뒤로

나도 그런 사람이 되려고 노력한다.

예쁜 말 많이 하고 살아요, 우리!

슬프게도,

성장했다

슬프게도,

51

에필로그

우연한 계기로 글을 써볼 기회가 생겨 참 많은 생각을 했습니다. 내가 뭐라고 글을 쓰나 싶으면서도 진심은 통하는 법이니까요. 솔직하게 내 삶과 생각을 써내려간다면 누군가는 알아줄 거라는 믿음 하나로 시작했고, 벌써 마지막 페이지가 되었네요.

최대한 덤덤하게 하고 싶은 얘기들을 했다고 생각해도, 책이 나와 읽어보다 보면 이것도 저것도 써볼걸 하고 후회할 것 같은 모습이 벌써 그려집니다. 그날 기분 따라 마음이 일렁일렁한 하루들이 많았습니다. 불안하기도 했고요. 글을 쓸 때만큼은 일렁일렁하던 마음도 불안한 생각도 덜 수 있어서 행복했습니다. 진심으로요.

산다는 건 어딘가 하나씩 고장 나는 거라는 그 말을 좋아해요. 나는 독자님들이 스스로를 아주 많이 사랑하고 칭찬하고 예뻐했으면 좋겠어요. 서툴고 모자라도 그래도 그런대로의 나니까요. 때로는 나를 너무 사랑해도, 때로는 내가 죽일 듯이 미운 때도 오는 게 인생이니까요!

이 책을 통해 여러분들과 연결되어 있다는 마음을 가지고 더욱 따뜻하게 살아볼게요. 여러분들이 진심으로 행복했으면 좋겠습니다. 감사합니다.

성장했다

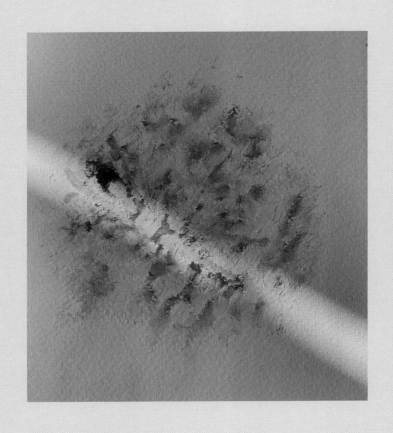

슬프게도, 성장했다

초판 1쇄 인쇄 2024년 9월 9일
초판 1쇄 발행 2024년 9월 20일

지은이 주예나
펴낸이 떠오름
기   획 김요한
디자인 한희정

펴낸곳 ㈜떠오름코퍼레이션
출판등록 제2021-000002호(2020년 4월 28일)
주소 서울특별시 성동구 왕십리로 4길 23-1, 3층
전화 070-4036-4586 **팩스** 02-6305-4923
홈페이지 www.risebooks.co.kr
이메일 official@risebooks.co.kr

값 19,400원

ISBN 979-11-92372-70-9 03810